HAYMON taschenbuch 35

MIX
Papier aus verantwortungsvollen Quellen
FSC® C083411

Auflage:
8 7 6 5
2021 2020 2019 2018

HAYMON tb **35**

Originalausgabe

www.haymonverlag.at

ISBN 978-3-85218-835-5

Umschlag- und Buchgestaltung:
Kurt Höretzeder, Büro für Grafische Gestaltung, Scheffau/Tirol
Mitarbeit: Ines Graus
Coverabbildung: Rudolf von Alt: Dreifaltigkeitshof in Wien (o.J.), Aquarell, 27 × 17,5 cm, Sammlung Georg Schäfer, Schweinfurt
Autorenfoto: Haymon Verlag

Gedruckt auf umweltfreundlichem,
chlor- und säurefrei gebleichtem Papier.

Wolfgang Morscher
Berit Mrugalska

Die schönsten Sagen aus Wien

Wolfgang Morscher / Berit Mrugalska

Die schönsten Sagen aus Wien

Schab den Rüssel

In Wien wurde vor langer Zeit eine besonders große Hochzeit gehalten, die ganz herrlich ausgerichtet und anzuschauen war. Allerlei Künstler und Musikanten trugen zur Unterhaltung bei, darunter auch Zauberer und Artisten. Bei diesem Trubel fanden sich auch die Bettelleute ein – und nicht gerade wenige. Unter diesen Bettlern befand sich auch einer, der das Betteln zu seinem Gewerbe gemacht hatte. Nur machte er an diesem Tag kein gutes Geschäft, zu sehr waren die Gäste mit sich selbst beschäftigt und wollten ja nichts von der Hochzeit verpassen. Das war natürlich gar nicht nach dem Geschmack des Bettlers und er wurde ärgerlich, denn so viel Geld wurde für das Fest ausgegeben und für ihn fiel nichts dabei ab. Er grummelte vor sich hin:

„Ja, ist denn die ganze Stadt ein Armenhaus geworden? Der Teufel soll euch holen! Ha, lieber will ich den Teufel um ein Almosen bitten als euch Geizrachen und Hungerleider! Wie viele Gebete habe ich heute schon für euch gesprochen, wie viele Litaneien für das Brautpaar heruntergehaspelt, und nicht einer von euch hat mir etwas gegeben – noch nicht einmal konnte ich ein ‚Küss die Hand Euer Gnaden, vergelt's Gott!' sprechen!"

Wie nun der Bettler vor sich hin fluchte, da hinkte ein kleiner, schmaler Mann in einem grünen Samtanzug an ihm vorbei, der trug einen schwarzen spanischen Hut mit einer roten Feder und schaute sich ein wenig um nach dem Bettler. Dieser vergaß auf der Stelle seinen Vorsatz, niemanden mehr anzubetteln, als er das scharf blitzende Auge und die große, stark gebogene Adlernase des Vorbeigehenden sah.

„Halt sofort dein Lügenmaul, du Lump! So bekommst du von mir nichts, außerdem weißt du nicht, wen du hier vor dir stehen hast, auch wenn du es eben noch gelobt hast!"

Mit diesen Worten bog der Grünrock in eine kleine, dunkle Seitengasse ein, wo es ruhiger war und nicht so viele Menschen vorbeigingen. Der Bettler eilte ihm nach und hoffte auf einen Lohn, da der schmächtige Mann in die Tasche griff. Der zog aber nicht seine Geldbörse, sondern eine kleine, eiserne Raspel mit kurzem Holzstiel heraus und sprach:

„Diese kleine Raspel wird deinen Geldsorgen ein Ende machen, wenn du meinen Rat annimmst. Streich dir mit der Raspel über deine Lippen und sag dabei: ‚Schab den Rüssel', und dir wird ein Goldstück aus dem Hals fallen. Doch weil es im Leben nichts geschenkt gibt, will auch ich etwas dafür verlangen."

„Euer Wort sei mir Befehl!", rief der Bettler vor Freude zitternd und konnte die Augen nicht von dieser ungewöhnlichen Raspel lassen.

„Deine Bettlerei mit den Gebeten muss ein Ende haben, auch darfst du in keine Kirche gehen und nicht heiraten, und nach sieben Jahren gehört deine Seele mir. Wenn dich in dieser Zeit jemand beleidigt oder dir etwas nachsagt oder wenn ein Richter dich ungünstig verurteilt, dann hole nur diese Raspel aus der Tasche und sprich, ohne sie an deine Lippen zu bringen: ‚Schab den Rüssel'. Dann wird die Raspel nicht deine Lippen schaben, sondern das Maul, welches schlecht über dich gesprochen hat. Und glaube mir, sie werden nie wieder über dich sprechen."

Das gefiel dem Bettler, und obwohl es ihm nicht ganz geheuer war, dass er einen Handel mit dem Teufel machte – denn so viel hatte er mittlerweile doch verstanden –, ging er auf das Angebot ein. Was wog schon seine Seele mit einem knurrenden Magen gegen ein Leben mit Goldtalern? Das „Kirchengehen" war ihm sowieso verhasst und das Betteln mit den heruntergeleierten Gebeten ebenfalls. Er ging den Handel also ein und der Grünrock sagte, er werde am nächsten Morgen zu ihm kommen und den Vertrag mitbringen, der zu unterschreiben war. Wenn der Bettler aber den Pakt nicht gewissenhaft einhalten würde, dann sollte dem Teufel die Seele sofort gehören, mahnte ihn dieser.

„Und merke dir gut, das Geld vom ‚Schab den Rüssel' kannst du nur in der Früh bekommen, und dabei musst du nüchtern sein", waren die letzten Worte des Leibhaftigen, und schon war er nicht mehr zu sehen. Der Bettler ging nun nach Hause, als hätte er den größten Schatz der Welt bei sich, den es vor Dieben zu behüten galt. Sogar zum Schlafen nahm er die Raspel mit ins Bett, um nur ja sicher zu gehen, nicht bestohlen zu werden.

Gleich im Morgengrauen war er am nächsten Tag schon auf und zog die Raspel hervor. Dann hielt er sich gleich eine Schüssel unters Kinn und strich mit der Raspel über seinen breiten Mund. „Schab den Rüssel!", sprach er, und „Kling" fiel ein funkelnagelneuer „Kremnitzer" in die Schüssel. Diese Kremnitzer Dukaten waren Goldmünzen von bester Qualität und seit dem Ende des 17. Jahrhunderts sehr gefragt. Mit dem Streich über seinen Mund raspelte der Bettler aber auch etwas Haut von seiner Lippe. Vor Freude über das Gold spürte er gar keinen Schmerz und machte das Kunststück gleich noch einmal und wieder und wieder. In seiner Schüssel, da klimperte es nur so wie bei einem Glockenspiel, und er achtete nicht weiter darauf, dass er bereits stark blutete. Da stand mit einem Mal der Grünrock mit dem Vertrag vor ihm, zog eine frisch geschnittene Feder aus der Tasche – eigentümlicherweise war sie verkehrt gespitzt – und tunkte sie in die blutenden Lippen des Bettlers wie in ein rotes Tintenfass. Schnell unterschrieb der Mann den Vertrag für seine neue Raspel, und gleich darauf war der Teufel auch schon wieder verschwunden. Er ließ dem Bettler jedoch noch eine kleine Dose mit Lippenbalsam da, die mehr nach Schwefel als nach Rosenöl roch, und riet ihm die Wunde verheilen zu lassen und nicht zu viel Gebrauch von der Raspel zu machen, denn auch die Polizei würde sich Gedanken zu solchen Verletzungen machen.

Am nächsten Tag hatte der frühere Bettler einen stark entstellten Mund und eine fürchterliche Kruste auf den Lippen. Doch er konnte sich nicht beherrschen und schabte gleich am Morgen wieder so viele Goldmünzen her, dass seine Lippen wie zerplatzte Würstchen aufsprangen. An diesem Tag hatte er sehr wohl Schmerzen dabei, aber die nahm er in Kauf. Als er dann mit seinem „Gewinn“ aus dem Haus ging, hielt er sich einfach ein Tuch vor den Mund, sodass die Leute meinten, er hätte schlimmes Zahnweh. Er ging ins Gasthaus und ließ es sich gut gehen, auch lud er seine früheren Bettelkameraden ein, die mit zunehmendem Weingenuss spöttelten, dass er wohl des Teufels Großmutter geküsst haben müsse, dass er heute so ein Schwartenmaul habe. Er zog ärgerlich seine Raspel hervor und sprach heimlich und leise: „Schab den Rüssel.“ Da tanzte die Raspel auf den Lippen des Spötters herum, doch war sie nicht zu sehen und es fiel auch kein Goldstück herunter, und der Gequälte schrie vor Schmerzen laut auf, verließ den Tisch und kam nicht mehr zurück.

Mit jedem Tag wurde der frühere Bettler nun reicher und schabte sich die Münzen her, so wie er es aushalten konnte; nach einiger Zeit war er zu einem ansehnlichen Haus gekommen und gab dem den Namen „Zum Schab den Rüssel“, was er auch über der Haustür anschreiben ließ. Als Vornamen nahm er nun Chrysostomus an, was zu Deutsch „Goldmund“ bedeutet. Herr Chrysostomus zum Schab den Rüssel schien jeden Tag reicher und reicher zu werden, doch sah man ihn nie mehr ohne verbundenen Mund, und bald erzählten sich die Leute, dass er keinen Mund, sondern einen Saurüssel habe, von dem er sich immer etwas Gold abschabte. Sein neues Leben gefiel ihm sehr gut, und wer es wagte ihn zu verspotten oder ihm etwas Böses unterstellen wollte wegen seines blutigen Mauls, so wie es die Polizei einmal tat, den ließ er die Raspel spüren. Und wem dies je geschah, der sagte nie wieder etwas gegen den Herrn Chrysostomus.

Schnell waren die sieben Jahre vergangen und der Grüne kam, um die gewonnene Seele zu holen. Der Diener des Herrn Grafen Chrysostomus zum Schab den Rüssel wollte den Teufel aber nicht hereinlassen, doch der wusste sich zu helfen und stellte dem Diener ein Bein, dass er hinfiel wie ein nasser Sack.

Als der ungebetene Gast ins Zimmer trat, lag der Herr Graf gerade auf dem Sofa, las die Zeitung, trank ein Fläschchen Ungarwein und rauchte türkischen Tabak.

„Ich möchte nicht gestört werden", fuhr ihn der Herr Graf an, „wendet Euch an den Kammerdiener!"

„Na, mein Guter, ich habe mit dir selber zu sprechen und mit sonst niemandem in diesem Haus!", sagte der Grünrock und zog den Vertrag aus der Tasche. „Die Zeit ist um – Abmarsch! Jetzt heißt es nicht mehr ‚Schab den Rüssel', sondern ‚Schab ab'!"

Nun schaute der Herr Graf von seiner Zeitung auf, rückte die Augengläser zurecht und antwortete gähnend:

„Ich und abmarschieren? Ha, dass ich nicht lache! – Schab den Rüssel!"

Und wirklich, die Raspel ging nun auf den Teufel los und traktierte ihn, sodass ihm Hören und Sehen vergingen. Der dumme Teufel hatte nämlich vergessen, sich selber von diesem Zauberwerkzeug auszunehmen, und nun fing der Herr Graf auch noch an, wie ein Konzertmeister den Takt dazu singend anzugeben.

Vor Schmerzen schreiend fiel der Teufel auf die Knie und bat um Gnade, doch der Herr Graf wollte erst seinen Vertrag ausgehändigt bekommen. Als er diesen in den Händen hielt, zerriss er ihn und forderte den Teufel auf zu gehen mit den Worten:

„Sei so gut, wische dir das Maul und triff das Loch. Die Raspel aber lässt du mir zum Andenken da, ich will ..."

„Halt's Maul, du Narr, du! Der Vertrag ist zerrissen und die Raspel ist wieder mein. Mit diesem Werkzeug bekomme ich ganz andere Seelen als die deine! Aber wir werden ja sehen, ob wir uns nicht doch noch einmal bei mir in der Hölle treffen werden, und da werde ich auch sagen ‚Schab den Rüssel'!"

Der Basilisk in der Schönlaterngasse

Viel erzählt man sich in Wien von dem Basilisken in der Schönlaterngasse in der Wiener Innenstadt. So ein dämonisches Tier gibt es zum Glück nicht oft, was es aber natürlich nur noch interessanter erscheinen lässt.

Es war der 26. Juni des Jahres 1212, als aus dem Hof eines Bäckermeisters wilde Schreie und ein riesiger Krawall bis auf die Straße zu hören waren. Sofort hatte sich davor eine große Menschenmenge gebildet, die wissen wollte, was denn da drinnen los wäre. Und nach einiger Zeit erschien sogar der Stadtrichter hoch zu Ross, um in Erfahrung zu bringen, was der Tumult zu bedeuten hätte.

Da öffnete endlich der Bäckermeister die großen Tore zu Haus und Hof und berichtete dem Stadtrichter, was vor kurzem vorgefallen war:

„Unsere Magd ist zum Brunnen gegangen, um Wasser zu holen, doch kam sie bald zurück und meldete, dass im Brunnen kein Wasser mehr zu holen sei. Ja mehr noch, ihr schien, als ob der Brunnen vergiftet worden wäre, denn ein bestialischer Gestank drang aus dem Brunnenschacht nach oben. Als sie nun den leeren Schöpfeimer wieder nach unten fallen ließ, beugte sie sich vor und schaute in den Brunnen hinab. Voll Schrecken konnte sie erkennen, dass sich dort unten ein Viech befinden musste, dass sie mit dem fallengelassenen Wassereimer getroffen hatte, und das nun wild zu ihr nach oben blickte. Daraufhin wurde sie fast ohnmächtig, die Füße knickten ihr weg und um Luft ringend ließ sie sich auf den Boden vor dem Brunnen fallen. Als sie sich erholt hatte, ist sie gleich zu uns in die Backstube gelaufen und hat uns von dem Vorfall und dem unheimlichen Wesen im Brunnen berichtet. Das konnte der neue Knecht natürlich nicht glauben, und er hat gesagt, die Natter werde er ihr schon heraufbringen, die sich traue, in unserem Hauswasser ein Bad zu nehmen. Nun hat er sich den Strick vom Wassereimer um den Leib gebunden und in die eine Hand eine Laterne genommen, und wir haben ihn vorsichtig in den Schacht hinuntergelassen. Als er wohl auf halber Tiefe war, da wurde die Flamme in der Laterne immer kleiner und mit einem Mal schrie auch er aus Leibeskräften um Hilfe. So schnell wir konnten, haben wir ihn wieder heraufgezogen, aber der Knecht war bereits besinnungslos und wir hatten große Mühe, ihn aus dem Schacht wieder herauszubekommen. Mit Riechsalz, frischer Luft und einem guten Schluck Kräuterwein haben wir ihn schließlich wieder zum Leben erweckt. Und was uns dann der Knecht berichtet hat, davon habe ich in meinem ganzen Leben noch nicht gehört!

Je weiter er in den Schacht hinunterkam, desto abscheulicher und schlimmer wurde der Gestank, der ihm jeden Atem zu nehmen schien und einen Hustenreiz bei ihm auslöste. Er hat sich sein Halstüchl um den Mund gebunden und nur mehr flach geatmet. Plötzlich hat er unten in der Tiefe des Brunnens ein unbeschreiblich grässliches Tier gesehen. Es hatte die Gestalt eines großen Hahns, aber so groß wie eine Schreckgestalt, mit vielzackigem Schuppenschweif und plumpen, warzigen Füßen. Seine Augen schienen zu glühen und dazu hatte es eine Krone auf dem Kopf. Diese Kreatur muss eine Missgeburt aus der Kreuzung eines Hahns mit einer Schlange oder einer Kröte sein. Und da der Knecht in seinem Leben noch nie etwas so Abscheuliches gesehen hat, hat er auch sogleich die Augen geschlossen und um Hilfe geschrien. Wie wir ihn dann noch oben gezogen haben, da kam es ihm so vor, als wenn allein der Blick dieses Ungetüms genügt hätte, um ihn zu töten und dass bereits sein Blut in den Adern zu stocken angefangen hatte."

Die Menge, die während der Erzählung des Müllers immer größer geworden war, hörte gebannt zu, als er aber geendet hatte, da wusste niemand Rat.

Da trat ein gelehrter und in der Naturwissenschaft erfahrener Arzt hervor und erklärte nun den Leuten, dass es sich bei diesem „Viech" im Brunnen wohl nur um einen Basilisken handeln könne. Er erklärte weiter, dass ein Basilisk auf wunderbare Weise aus einem Ei entsteht, das ein alter, schwarzer Hahn gelegt hat und das von einer Kröte ausgebrütet wird. Schon der berühmte Naturforscher Plinius beschrieb ein solches Tier und sagte, dass der Blick eines Basilisken so giftig sei, dass jeder, den er ansieht, sterben müsse. Töten kann man ihn aber nur mit seinen eigenen Waffen – man muss ihm einen Spiegel vor die Augen halten, sodass er von seinem widergespiegelten Blick selber sterben muss. Nach diesen Erklärungen gab der Arzt vor, ein Kranker warte auf ihn und er müsse sich schnell auf den Weg machen.

Nun war guter Rat teuer, denn es war niemand unter den Umstehenden, der sich nochmals in den Brunnen gewagt hätte. Der Stadtrichter musste also eine Entscheidung treffen und gab den Befehl, große Steine und Erde herbeizuschaffen. Dann wurde alles mit einem Schwung in den Brunnen geworfen und der Basilisk wurde von den Massen zerdrückt und erstickt. Doch auch der Bäckerjunge überlebte die Begegnung mit dem Basilisken nicht, er starb noch am selben Tag.

Zur Erinnerung an das, was in diesem Haus passierte, wurde ein getreues Abbild des scheußlichen Ungeheuers in einer Nische der Hausmauer aufgestellt und mit einer Inschrift versehen.

Andere wissen zu erzählen, dass der jähzornige Bäckermeister Martin Garhibl seinem Gesellen nicht seine Tochter zur Frau geben wollte und dem Antragsteller spottend ins Gesicht gesagt habe:

„Erst wenn dieser alte Hahn ein Ei legt, dann sollst du mein Schwiegersohn werden. Ab heute aber kannst du dir einen neuen Arbeitsplatz suchen!"

Als der gedemütigte Geselle am nächsten Morgen am Hof vorbeiging, mengte er sich unter die Menschenmasse und hörte den Worten des Bäckermeisters zu. Mutig trat er hervor und sagte:

„Dann ist es also wahr geworden und ich werde hinabsteigen."

Und wirklich konnte er mit Hilfe eines großen Spiegels den schrecklichen Basilisken töten, worauf der ekelhafte Kadaver im Brunnen gelassen und mit Sand und Steinen eingegraben wurde. Kurz darauf wurde dann die Hochzeit gefeiert, denn nun konnte der Bäckermeister sich nicht mehr herausreden.

Wieder andere geben zu bedenken, dass dieser Stadtteil früher „unterm Tempelhof" hieß und der Basilisk nicht nur ein „Eidechsenkönig", sondern wohl eher ein Tempelwächter war, so wie er es seit alters her ist. Die allegorische Bezeichnung „Basilisk" steht in der Alchemie übrigens für den Stein der Weisen.

Das rote Mandl auf der Freyung in Wien

Auf der Freyung in Wien, dem großen Marktplatz in der Wiener Innenstadt mit dem markanten Gebäude des Schottenklosters, stand um die Mitte des 16. Jahrhunderts ein kleines Haus mit einer Kellerschenke. Hier trafen sich vor allem Studenten, Künstler und besonders viele fahrende Schüler.

Als an einem Abend der Keller mal wieder gerammelt voll war und die verschiedensten Leute beieinander saßen, da kam auch ein Mann herein, der sich allein durch sein Äußeres von den übrigen Gästen abhob. Es war niemand anderer als der hochberühmte Doktor Faust, der besonders in Studentenkreisen bekannt war. Wie ein Lauffeuer verbreitete sich die Nachricht seiner Anwesenheit unter den Gästen und nach wenigen Minuten brach lauter Jubel darüber aus. Dieser Doktor der Magie war durch seine wundersamen Kunststückchen genau wie durch seine tollen Streiche bekannt und berühmt.

Alle Anwesenden waren sich dessen sicher, dass es bei seiner Kunst nicht mit rechten Dingen zuging. Es war viel mehr reine Magie, denn so verwegen und so unerklärbar waren seine Zauberstückchen, dass es sich nicht um Taschenspielertricks handeln konnte. Das reizte die jungen und leichtsinnigen Gäste natürlich umso mehr und sie baten ihn, er möge ihnen doch etwas vorzaubern.

Der Hausknecht brachte ihm nun ein großes Glas Wein, weil dieses aber allzu gut eingeschenkt war, verschüttete er etwas vor den Augen von Faust. Da sagte dieser:

„Wenn du mir noch einmal so viel aus meinem Weinglas verschüttest, dann fress' ich dich mit Haut und Haar."

Das fand der Hausknecht aber gar nicht lustig, denn der hohe Herr Doktor brauchte nicht zu glauben, dass er ein „Dummerle“ sei und sich vor ihm fürchtete, nur weil er ein Zauberer war. So schenkte er dem Doktor Faust das nächste Glas wieder übervoll ein, sodass beim Hinstellen der Tisch vom Wein überschwemmt wurde. Da riss der Doktor Faust den Mund auf und verschwunden war der Hausknecht. Daraufhin nahm der Zauberer einen Wasserkübel und leerte ihn mit einem gewaltigen Zug.

Entsetzen ergriff die Anwesenden und der Wirt kam herbeigelaufen und bat den großen und besten aller Doktoren, doch seinen Kellnerburschen wieder herzugeben, ohne den er sein Geschäft nicht führen könne. Mit seiner ruhigen Stimme befahl ihm der Gelehrte:

„Öffne die Tür und schau auf die Stiege hinaus!“

Und wirklich – auf der obersten Stufe saß sein armer Bursche, pudelnass war er und klapperte mit den Zähnen vor Kälte. Als der nun wieder in den Keller kam, sagte er zornig zu Faust:

„Mit Euch will ich sicher nichts mehr zu tun haben, denn Ihr steht mit dem Teufel im Bund.“

„Das ist ja mir egal“, gab Faust zur Antwort, „ich will nur sauber bedient werden, merke es dir gut.“

Die anwesenden Gäste hatten sich bald von ihrem Schrecken wieder erholt, und nun unterhielten sich alle ganz angespannt über den „Gottseibeiuns“. Da stand einer der Gäste auf und bot sich an, den Teufel an die Wand zu malen – es soll dies der Maler und Kupferstecher Hirschvogel aus Nürnberg gewesen sein. Unter dem Beifall des überwiegend jungen Publikums nahm sich Hirschvogel ein Stück Kohle vom Herd und zeichnete auf die Wand. Nach wenigen Strichen konnte man bereits die Figur eines jungen Herrn erkennen, der mit gekreuzten Beinen saß und als Edelmann gekleidet war. Ein Mantel flatterte zackig hinter ihm im Wind und erinnerte an Drachenflügel; auf dem Kopf saß ein mit einer Hahnenfeder geziertes Hütchen, und aus dem höhnisch grinsenden Gesicht blitzten dunkle Augen hervor. Kaum war die Figur beendet, stand Faust auf und sagte:

„Sodala, nun seht ihr den Teufel an der Wand – ich will ihn euch aber lebendig zeigen."

Der eh schon schummrige Keller wurde nun vollends dunkel und die Zeichnung fing an sich zu bewegen. Die Kleider bekamen plötzlich Farbe und wurden feuerrot, die Puffen am Wams färbten sich kohlschwarz, die Feder auf dem Hut wurde ebenfalls rot, das Mäntelchen aber wurde grün und die Augen in dem schrecklich blassen Gesicht leuchteten wie feurige Flammen. Mit einem donnerähnlichen Paukenschlag sprang die entsetzliche Figur unter die Gäste, denen gar nicht zum Scherzen zu Mute war, und die mit entsetzlichem Geschrei aus dem Keller auf die Straße stürzten.

Doktor Faust aber rief der flüchtenden Menge mit donnernder Stimme nach:

„Man soll den Teufel nicht an die Wand malen!"

Er zahlte seinen Wein und ging dann ebenfalls seiner Wege. Von diesem Vorfall aber soll die Schenke den Namen „Zum roten Mandl" bekommen haben, der auch lange Zeit weitergeführt wurde.

Der Stock im Eisen

An einer Hauswand gleich am Stephansplatz in Wien steht heute noch eines der Wahrzeichen der Stadt, der sogenannte „Stock im Eisen". Was es damit auf sich hat, das soll hier berichtet werden:

Ein Schlosserlehrling wurde einst von seinem Meister vor die Tore der Stadt geschickt, um Lehm zu holen. Als er dort mit seinem Schubkarren ankam, da waren dort ein paar Buben beim Spiel versammelt und hatten viel Spaß dabei. Da dachte sich der Lehrbub: „Wegen der paar Minuten – da wird mir der Meister schon nicht draufkommen!“, und fragte, ob er mitspielen dürfe. Die Stunden vergingen wie im Flug und erst, als die Sonne schon am Untergehen war, besann er sich und machte sich mit seiner schweren Schubkarre auf den Heimweg. Als er aber vor dem Stadttor ankam, da war dieses bereits verschlossen und er hatte nun keine Möglichkeit mehr hineinzukommen. Außer natürlich man würde das Öffnen der Tore mit einem „Sperrkreuzer“ bezahlen, und den hatte er nicht. Was sollte er denn nun tun, er hatte ja nicht einmal einen Platz zum Schlafen hier draußen, wo sich in der Nacht finstere Gestalten herumtrieben.

Mit zorniger Stimme und Tränen der Wut in den Augen rief er:

„Des Teufels möchte ich sein, wenn ich nur in die Stadt könnte!“

Als er aufblickte, sah er einen schmalen, zarten Mann in rotem Wams vor sich, der ihn mit fröhlicher Stimme ansprach:

„Junge, da gibt es doch nichts zu weinen. Den Sperrkreuzer bekommst du von mir und dir werden die Schläge vom Meister erspart bleiben. Noch dazu sollst du ein geschickter Schlosser werden, aber wenn du auch nur eine Sonntagsmesse versäumst, dann gehörst du mir, mit Haut und Haaren. Schlag ein oder bleibe vor den Toren der Stadt!“

„Ha“, dachte sich der Lehrbub, „es wird wohl ein Leichtes sein, jeden Sonntag die Messe zu besuchen, wir haben ja genug Kirchen in der Stadt“, und schlug ein.

So kam er doch noch vor Einbruch der Dunkelheit zum Meister und konnte den Lehm abliefern.

Gleich am nächsten Tag erschien das rote Männlein in der Schlosserei und bestellte einen eisernen Ring mit einem kunstvollen Schlosse für die Wiener Eiche. Diese war der letzte Baum von dem Wald, der einst bis an die Stadt gereicht hatte. Der Meister und der Geselle wagten aber nicht, den Auftrag anzunehmen und schauten ihn nur mit großen Augen an. Da rief das fremde Männlein aufgebracht:

„Was seid ihr für armselige Schlosser! Euer Lehrjunge ist geschickter als ihr alle zusammen!"

Da lachte der Meister, der das Talent seines Lehrbuben kannte, und spottete:

„Wenn mein Lehrbub das Schloss fertigstellt, dann soll er augenblicklich frei und Geselle sein."

„Meister, es gilt!", schrie der Junge und machte sich an die Arbeit.

Schon nach einer Stunde waren Ring, Schlüssel und Schloss fertiggestellt, und er ging mit dem seltsamen Auftraggeber, den der Bub nur zu gut kannte, zur Eiche. Dort legte er den Ring und das Schloss an und übergab dem roten Männlein den Schlüssel. Sogleich sperrte der mit dem Schlüssel zu, steckte sich ihn in die Tasche und verschwand. So nennt man den Baum heute noch den „Stock am Eisen".

Der Meister hielt sein Wort und sprach den Jungen frei, und der ging nach altem Brauch als Geselle auf die Wanderschaft. Als er nach einigen Jahren wieder in seine Heimatstadt zurückkam, da hörte er davon, dass der Stadtrat dem Schlosser das Bürger- und Meisterrecht in Wien verleihen würde, der für das Schloss am Wiener Stock im Eisen den passenden Schlüssel fertigte. Der Geselle meldete sich sofort beim Stadtrat zum Dienst, schließlich hatte er das Schloss geschmiedet. Das war dem roten Männlein aber gar nicht recht und es sabotierte die Arbeit des Schlossers. Jedes Mal, wenn er den Schlüssel in die Esse legte, um den Schlüsselbart anzuschweißen, wurde der Bart wie von Zauberhand verdreht.

Da setzte der listige Schlosser schnell den Bart verkehrt herum an, und als die unsichtbare Hand ihn abermals umdrehte, hatte sie ihn in die richtige Position gebracht. Vor aller Augen wurde nun der Schlüssel in das Schloss gesteckt und er passte, das Schloss konnte auf- und zugesperrt werden, wofür der Geselle nun das Bürger- und Meisterrecht erhielt. Da jauchzte dieser laut auf, warf den Schlüssel voll Freude in die Luft und schlug zum Andenken einen Nagel in die Eiche. Der Schlüssel aber ist bis heute noch nicht heruntergefallen, und da er auch nicht mehr in der Luft hängt, wird ihn wohl eine unsichtbare Hand eingesteckt haben.

Der junge Schlossermeister wurde weit und breit bekannt und konnte sich vor Aufträgen fast nicht retten. Er war bald ein gemachter Mann und vergaß dabei nie, am Sonntag die Messe zu besuchen. Da er immer schon gerne gespielt hatte, ging er nun jeden Sonntagvormittag zum Stammtisch, um zu würfeln. Einmal aber war das Spiel so spannend und die Spielkollegen wollten ihn nicht gehen lassen. „Dann nimm doch die nächste Messe", sagten sie ein ums andere Mal, und als er endlich auf dem Kirchhof von St. Stephan ankam, hatte der Priester bereits den Segen gespendet, die letzte Messe war versäumt.

Nun stand auch schon das rote Männlein da und nahm ihn beim „Krawattel" mit und er fand ein schreckliches Ende. Die Leute, die ihn kannten und die davon hörten, die hatten großes Mitleid mit ihm, hatte er doch den Vertrag mit dem Teufel als junger Lehrbub geschlossen. So kam der Brauch auf, dass alle Schlossergesellen, die in die schöne Stadt Wien kamen, einen Nagel zu Ehren des geschickten und listigen Schlossermeisters in den Baumstamm schlugen. So wurde mit der Zeit und zunehmenden Nägeln im Stamm aus dem „Stock am Eisen" der „Stock im Eisen".

Andere wissen zu erzählen, dass ein armer Schlosserlehrling seinem Meister einen überaus kunstfertigen Nagel gestohlen hatte, der für das Jagdschloss Herzog Leopolds des Heiligen im Wienerwald verwendet werden sollte. Auf seinem Heimweg verirrte er sich im tiefen Wald. Immer und immer wieder kam er an diesem einen besonderen Baum vorbei, der ihm verriet, dass er schon seit Stunden im Kreis lief. Erschöpft und weinend setzte er sich nun an diesem Baum hin und ärgerte sich über den großen Fehler, den er begangen hatte. Nun wollte er den Nagel gar nicht behalten und schlug ihn in den Baum, an dem er schon seit Stunden immer wieder vorbeigekommen war – es war ihm gerade so, als wollte der ihn nicht vorbeilassen.

Und wie er den Nagel in den Baum geschlagen hatte, da stand der Teufel neben ihm und sprach:

„Den gestohlenen Nagel kannst du wohl einschlagen. Wenn du aber solch einen Nagel und ein Schloss um den Baum machen könntest, dann wäre dir geholfen."

Der Junge erschrak zwar sehr, doch hatte er schon seit einiger Zeit begriffen, dass es hier nicht mit rechten Dingen zuging. Tapfer antwortete er:

„Können tu ich es nicht, aber wenn Ihr es könnt, so will ich es lernen!"

„Topp!", sprach der Teufel und schon war der Bund besiegelt, der den Lehrjungen zu einem Schlosser werden ließ, der so kunstvolle Schlösser fertigen konnte, wie niemand sonst in der Lage war. Auch konnten seine Schlösser von keinem anderen Schlossermeister geöffnet werden, wodurch der junge Meister ein reicher und angesehener Mann wurde.

Als er in seiner Kunst ausgelernt war, schlug er einen zweiten Nagel in den Baumstamm, als Zeichen, dass sein Nagel dem ersten ebenbürtig sei. Dann sägte er die Baumkrone ab und machte einen starken Eisenring um den

Baumstock und hing eines seiner raffinierten Schlösser davor.

Als nun die Zeit um und der Pakt zu erfüllen war, da ging der Schlosser täglich in die Messe, wodurch er für einen Tag vor dem Teufel geschützt war. Als er einmal wie jeden Morgen aus dem Keller auf dem St.-Peters-Platz trat, wo er seinen Frühschoppen genommen hatte, und ein wenig verspätet war, kam ihm ein altes Weib entgegen, das rief ihm zu:

„Zu spät! Zu spät! Die heilige Messe ist schon vorbei!“

Da kehrte der Schlosser wieder um und bestellte noch ein Glas beim Wirt. Kaum aber hatte er den Becher an die Lippen gesetzt, da trat das alte Weib vor ihn hin, welches natürlich der Teufel war, und drückte ihm die Gurgel zu. Dann drehte der Leibhaftige ihm den Hals um und hängte ihn an der Wand an einem Haken auf.

Bis heute ist es niemandem gelungen, das Schloss zu öffnen. Als die Stadt Wien dann immer größer wurde, ließ man den Stock im Eisen zum Zeichen stehen, dass bis hierhin einst der Wienerwald verlief, und jeder wandernde Schlossergeselle schlug einen Nagel hinein, so dass er bald übersät von Nägeln war.

Wo der Teufel mit der Bognerin rauft

„Wo der Teufel mit der Bognerin rauft“ – bei dieser Hausbezeichnung weiß man in Wien, welches Haus gemeint ist, nämlich das ehemalige Wenighoffer’sche Haus in der Bognergasse oder heute auch Neubau Nr. 3. Auf der Fassade ist in einem Bild zu sehen, was sich hier einst abgespielt hat:

Ein Meister, der das Handwerk des Armbrust- und Bogenmachens beherrschte, lebte in dieser Gasse mit seiner Frau und seinen Gesellen. Früher, als er noch jung und verliebt gewesen war, da hatte er nicht geahnt, wie sich seine Gattin in der Ehe verändern würde. Sie war als junge Frau sehr schön gewesen und brachte eine reiche Aussteuer und sogar Geld mit in die Ehe, und der junge Bogner dachte im Traum nicht daran, dass er eines Tages unter ihrem Pantoffel stehen würde. Über Pantoffelhelden, die sich von ihren keifenden Frauen das Leben schwer machen ließen, hatte er bis jetzt nur gelacht. Doch nach einigen Jahren war ihm bereits das Lachen vergangen und auch er tat lieber das, was seine Frau von ihm verlangte, nur damit er sich nicht ihr nie enden wollendes Gekeife und Gemeckere anhören musste. In der ersten Zeit versuchte er ja noch, dagegen anzugehen, aber das hatte keinen Sinn, denn sie hörte einfach nicht auf und wurde immer noch zänkischer.

Nach vielen Jahren zermürbenden Streites fiel dem Bogner kein Ausweg mehr ein, er dachte schon daran, seinem Leben selber ein Ende zu setzen, da rief er:

„Mir kann wohl nur mehr der Teufel selber helfen", und er war sehr erstaunt, als eine kleine, hässliche Gestalt vor ihm stand.

„Du hast mich gerufen und nun schau doch nicht so dumm", sagte dieser, „du brauchst nicht viel zu erklären, ich weiß schon, worum es geht. Ich soll dir deine Frau zähmen und glaube mir, es wird dich nicht mehr als eine Unterschrift kosten!"

Der Bognermeister ging darauf ein und dachte sich, dass er die Hölle auf Erden ja schon kennengelernt hatte und es in der Hölle auch nicht schlimmer zuginge. So wollte er aber wenigstens bis dahin das Erdenleben genießen und ging den Handel ein.

„Doch ich werde sogleich mit der Arbeit beginnen und in deiner Gestalt zu deiner Frau gehen, halte du dich also fern", sagte der Teufel und ging als Bogner zu dessen Frau in die Schlafkammer.

Die alte Bognerin schnarchte währenddessen schon in ihrem Bett und wachte von einem Kuss auf, den „ihr Mann“ ihr auf die Stirn gab. Da sprang die zänkische Frau wütend aus dem Bett und beschimpfte ihn, weil er sie einerseits aufgeweckt habe, wo sie eh so schlecht schlafen könne und andererseits, weil er so spät nach Hause gekommen war. Eh sich der Teufel versah oder überhaupt zu Wort gekommen war, hatte er schon zwei derbe Ohrfeigen eingefangen und die keifende Alte fing jetzt erst richtig an, in Fahrt zu kommen.

„Und ich will jetzt meine Ruhe haben vor dir – nichts kann man dir recht machen und ich kann auch anders – lass es dir gesagt sein“, drohte ihr nun der Teufel, der im Guten nicht weitergekommen war und jetzt den Spieß umdrehen wollte.

Doch im gleichen Augenblick hatte die Bognerin ihm von hinten einen Wasserkübel übergegossen und hielt nun einen Besenstiel in der Hand, mit dem sie ihm unaufhörlich auf den Rücken schlug. Da blieb dem Teufel nichts anders übrig, als sich in die Zimmerecke zu flüchten und dem Weib seine wahre Gestalt zu zeigen, da würde sie wohl zur Vernunft kommen.

„Nun schau mich an, Bognerin, und überlege dir gut, wer von uns beiden der Stärkere ist! Ich kann dir Leiden zufügen, von denen du noch nicht einmal gehört hast“, sagte der Teufel in kaltem Ton zu ihr.

Die Bognerin stockte, warf sich dann aber mit einem Aufschrei auf ihn.

„Mir willst du drohen, du Satansbraten, mir, der Bognerin? Da kennst du mich aber schlecht!“, schrie sie aus voller Kehle, zog an seinen langen Zotteln und riss ihm eine Handvoll Haare aus. Dann packte sie ihn bei den Hörnern wie einen wilden Ochsen, fuhr ihm mit ihren spitzen Fingern in die Augen, drehte ihm die Nase um und versuchte, ihn so auf den Boden zu zwingen. In diesem Moment brach eines der Hörner und der Teufel nahm Reißaus und fuhr durch den Kamin in die Freiheit. Dabei ließ er seinen Mantel und seinen Hut zurück.

Dieses – besonders für die gesamte Nachbarschaft, die nicht einmal an der Wand zu lauschen brauchte – beeindruckende Ereignis wurde dann bei einem Künstler in Auftrag gegeben und an der Hauswand verewigt.

Gevatter Tod

Im bayrischen Straubing lebte im Jahre 1478 der arme Weber Paul Urssenbeck, welcher dort am 9. Juli 1438 geboren war. Er war verheiratet, hatte elf Kinder, die täglich um Brot schrien, und war bitter arm. Als nun noch ein Zwölftes seine Ankunft ankündigte, da wussten die Eltern nicht einmal mehr, wen sie noch als Paten fragen sollten.

Dem Weber fiel ein, dass in einem benachbarten Ort ein Freund wohnte, der reich genug war, um bei seinem Kind die Patenschaft zu übernehmen. Mit frischem Mut machte er sich auf den Weg durch den Wald, aber es war umsonst.

Der reiche Freund schlug mit dürren Worten und spöttischem Lachen über den reichen Kindersegen diesen christlichen Dienst ab. Als der Weber nun auf dem Rückweg wieder durch den gleichen Wald kam, da empfand er ihn viel düsterer und kälter als auf dem Hinweg, und weil er keine Zukunft mehr für sich und seine große Familie sah, rief er entkräftet:

„Ach wäre ich bloß tot – ich weiß nicht mehr, wie es weitergehen soll!“

Da tippte ihm jemand auf die Schulter. Der Weber sah sich um und bemerkte einen ungewöhnlich langen, hageren, ganz in Grau gekleideten Mann, dessen Gesicht von erschreckend fahler Farbe war. Er trug einen langen Überrock und seine Knochengestalt zeigte wirklich das personifizierte Bild des Todes. Es war auch „Freund Hein". Todesangst beschlich den armen Mann und ermattet fiel er zur Erde.

„Was fehlt dir?", fragte der Tod. „Du hast mich so inbrünstig gerufen, dass ich nicht umhin konnte zu erscheinen, um zu sehen, was denn hier los ist. Ich liebe im Allgemeinen die Leute nicht, die so flehentlich nach mir verlangen, ich lasse sie lieber lange rufen. Mir bringt es größeren Spaß, unerwartet gerade da zu küssen, wo einem vor meiner Umarmung graut, eine Braut zum Beispiel oder den Jüngling, den schwelgenden Prasser! Da genieße ich Freude wie nicht einmal der Satan in seinem Glutofen. Du hast mich daher ganz vergebens gerufen."

„Vielleicht doch nicht!", antwortete der Weber und war selber erstaunt über seinen Einfall und brachte diesen auch gleich vor. „Wenn du nun schon einmal da bist, so könntest du mir einen Dienst erweisen, da ich keinen Menschen mehr habe, den ich noch fragen könnte. Du könntest mir das Leben erleichtern – ich brauche nur einen Paten für meinen eben geborenen Knaben und muss aufrichtig sagen, einen mächtigeren Herrscher als dich könnte sich ein armer Weber nicht erbitten."

„Schmeichler! So ein Antrag ist mir doch wirklich noch nicht untergekommen!"

„Sieh, ich bin arm, habe bereits elf Kinder, und das zwölfte muss doch einen Paten haben. Sei barmherzig!"

„Also wenn ich ehrlich bin, mich interessiert dieses mir neue Anliegen. Topp! Ich will bei deinem Kind Pate stehen. Dein Vertrauen überrascht und freut mich, und es sei, wie du es dir wünschst."

Der Weber unterrichtete den Tod über den Ort und die Zeit der Taufe, und Freund Hein versprach pünktlich zu erscheinen. Freundschaftlich schieden beide voneinander.

Frohen Herzens setzte der Weber seinen Heimweg fort. Als er zu Hause ankam, versuchte er, seiner Frau vorsichtig die Nachricht von dem sonderbaren Paten beizubringen. Statt zu erschrecken, ärgerte sie sich bloß über die moralische Hässlichkeit so mancher „guten Freunde" und staunte über die Gefälligkeit des gefürchteten Menschenwürgers.

Die Taufe fand bald darauf statt. Die Verwandten waren versammelt, feierlich erschien der sonderbare graue Herr Pate und wurde von den Anwesenden, obwohl sie nicht wussten, mit wem sie es zu tun hatten, mit nicht geringem Schauer betrachtet. Da er aber freundlich mit allen sprach und sich ganz ruhig und höflich benahm, so verlor sich ihre Abneigung. Als nach der Zeremonie das Kind in den Händen der Verwandtschaft herumging und die offiziellen Küsse empfing, kam auch die Reihe an den Herrn Gevatter, der einen fragenden Blick auf die Mutter warf, und als diese mit tränenden Augen bittend die Hände faltete, begnügte er sich, den kleinen Weltkandidaten auf die Wange zu tätscheln und zum Ärgernis der ganzen Sippschaft den Kuss der Weihe auszulassen. Die guten Leute wussten freilich nicht, dass damit dem Kind das Leben geblieben war, denn wo der Tod hinküsst, blüht kein Leben mehr.

Als sich alle entfernt hatten, rief der Tod den Weber an einen einsamen Ort und raunte ihm zu:

„Mein lieber Freund, ich fürchte, du bist in der Idee gefangen, von einem so mächtigen Paten ein kostbares Taufgeschenk zu erhalten. Da hast du dich aber getäuscht, denn ich besitze weder Gold noch Silber. Deine brave Frau hat echte mütterliche Gefühle für das neue kleine Leben und mich um Schonung gebeten, denn sie hätte sich dieser zusätzlichen Verantwortung und Arbeit auch entziehen können. Selten habe ich bisher solche Gefühle empfunden wie bei dieser Taufe. Ich will dir also mit dem, was ich besitze, ein Geschenk machen, und wenn das elende Geld euch glücklich machen kann, so wirst du es dadurch in Fülle erwerben. Höre gut zu, was ich dir jetzt verraten werde. Gott hat mich zum Vollstrecker seines Willens über Leben und Tod aller Menschen eingesetzt. Bei jedem Kranken bin ich auch da. Wenn es bestimmt ist, sein Leben zu erhalten, dann sitze ich für jedermann unsichtbar am Fußende; muss er sterben, so sitze ich oben an seinem Kopfende. Dir verleihe ich nun als Patengeschenk die Gabe, mich am Bett eines Kranken, zu dem du gelangst, sehen zu können. Mach guten Gebrauch von diesem Geheimnis und vergiss im Glück nicht die Redlichkeit und Tugend, die dir bisher eigen waren. Nur so lange bleiben wir gute Freunde. Grüße deine Frau und deine Kinder und lehre sie, oft an mich zu denken, so werden sie brave Menschen werden." Mit stummem Handgruß entfernte sich der Mächtige.

Der Weber war klug genug, um einzusehen, dass das Geschenk des Paten mehr wert sei als Kisten voll Gold und beschloss, mit dem Gebrauch der Gabe nicht zu zögern. Es war alles so, wie es der Tod vorausgesagt hatte, und je nachdem, wo der Tod am Bett saß, konnte der neue „Wunderdoktor" sagen, ob der Patient eine Chance weiterzuleben hatte oder nicht. Seine Arzneien mischte er dann selber in seiner Küche und nahm dazu einfache Gewürze, die sich nicht bedeutend auf die Gesundheit auswirken konnten. Bald war ihm Bayern zu klein und er beschloss, zu reisen und in einer Hauptstadt Europas seinen Wohnsitz aufzuschlagen, damit sein Besitz noch größer werde. Gedacht, getan.

Die glorreiche Residenzstadt Wien beherbergte am Ende des fünfzehnten Jahrhunderts Ärzte in ihren Mauern, deren berühmte Namen sich bis in unsere Zeit erhielten. Es waren da Stephan von Liegnitz, Hermann Haym, Heinrich Stoll, Michael Mannesdorfer, Ulrich

Eberhard, Friedrich Graesl, Bartholomäus Sieben, Wolfgang Hymber, Nikolaus Molitor und andere, lauter angesehene Professoren und Rektoren an der von Herzog Rudolf IV. im Jahre 1365 gestifteten Universität.

Im Jahre 1482 nun war ein fremder Rektor gewählt worden, der alle seine Zeitgenossen an Berühmtheit übertraf. Er hieß Paul Urssenbeck und wurde gewöhnlich der „Totendoktor" genannt, so wie man sein Haus auch nur das „Totendoktorhaus" nannte. Es stand neben dem sogenannten „Basiliskenhaus", hatte die Hausnummer 679 und wurde dann später abgerissen.

Da seine Prophezeiungen über das Leben der Patienten immer eintrafen, so war er das Orakel seiner Kollegen, denn gegen Tatsachen konnte selbst der Neid nicht aufkommen. Man munkelte freilich viel von einem Bündnis mit geistigen Mächten, aber niemand wusste etwas Genaues und sein Ruhm stieg von Tag zu Tag.

Mit dem vielen Gold, das er bisher verdient hatte, war aber auch die Redlichkeit des ehemaligen armen Webers verschwunden. Stolz, Übermut, Geiz und die niedrigste Habsucht hatten in seinem Herzen den Platz dafür eingenommen und Arme, die nicht bezahlen konnten, behandelte er nicht.

Irgendwann bemerkte er, dass er noch viel mehr Schätze ansammeln könnte, wenn er versuchte, das Leben der Kranken zu retten, aber der Tod ließ nicht mit sich handeln und verbat sich dieses Thema.

Am 21. April des Jahres 1487 geschah es, dass er zum reichen Grafen Wilhelm von Auersperg, dem kaiserlichen Kämmerer, gerufen wurde, der ein Schloss in der Nähe Wiens bewohnte. Gleich beim Eintritt bemerkte er den Tod beim Haupte des Kranken. Er erklärte, dass der Graf unrettbar verloren sei und dass seine Kunst ihm nicht aufzuhelfen vermöge. Mit Bitten und Tränen von der Familie bestürmt und von einer fürstlichen

Belohnung, die man ihm versprach, verführt, blickte er bittend auf den Paten seines Sohnes, der sich aber mit furchtbar drohendem Gesicht abwandte.

Urssenbeck blieb nun bei seinem Urteil. Da stellte man ihm endlich drei Säcke mit dreißigtausend ungarischen Goldgulden vor die Füße und versprach sie ihm als Geschenk, wenn der Graf gesund würde. Dieser Versuchung konnte seine Gier nicht widerstehen. Er dachte nach, wie er seinen Gevatter vom Kopfende des Kranken entfernen könnte, und verfiel auf eine List. Er ging hinaus, holte vier der stärksten Männer aus der Dienerschaft des Grafen und ließ blitzschnell, bevor sich der Tod zu fassen vermochte, das Bett des Grafen umkehren, so dass Freund Hein nun zu Füßen des Kranken saß. Der Graf war gerettet.

Mit zögernden Schritten entfernte sich der Tod. Urssenbeck sah es ihm an, dass er seine Beute ungern fahren ließ, und der fürchterliche Drohblick, den er noch auf ihn warf, ließ den Doktor innerlich erbeben. Er tröstete sich jedoch damit, dass er seinen Gevatter schon versöhnen wollte, packte die Goldstücke in seine Sänfte und ließ sich nach Wien tragen. Als er durch einen sehr schlechten Hohlweg kam, stieg er aus und ging zu Fuß. Plötzlich stand Gevatter Tod neben ihm und grüßte ihn vornehm. Urssenbecks Herz schlug gewaltig, als er sich mit dem tief Beleidigten so einsam sah. Trotzdem bot er allen Mut auf, grüßte ihn höflich und bat demütigst um Verzeihung, dass er sich einen solchen Eingriff in seine Rechte erlaubt habe. So entrüstet der Tod sich anfangs zeigte, so wurde er doch nach und nach besänftigt und sagte bloß, ihm mit schrecklicher Miene drohend:

„Ich hoffe, dass du mir einen solchen Streich zum ersten und zum letzten Male gespielt hast."

Urssenbeck versprach es feierlich und entschuldigte sich mit der hohen Belohnung, die man ihm angeboten habe. Sie versöhnten sich vollends, und der Tod begleitete den Doktor noch ein Stück.

Auf diesem Weg fragte Urssenbeck ihn, wo er denn eigentlich hingehe. Der Tod antwortete, er wohne nicht weit von hier und es würde ihm ein Vergnügen sein, wenn er ihn in seiner Behausung besuchen wollte. Sie gingen einige Schritte weiter, bis sie zu einem Hügel kamen, auf den der Tod mit den Füßen stampfte. Dieser öffnete sich sogleich und es zeigte sich ein Tor von schwarzem Marmor. Sie traten ein und kamen in einen dunklen Gang, der nur allmählich heller wurde. So beklommen sich der Doktor auch fühlte, folgte er dem Paten und war überrascht, als sie durch mehrere Gänge kamen, die von oben bis unten mit Millionen Kerzen besetzt waren.

„Ich bin wirklich erstaunt über diese Lichter!“, sagte der Doktor. „Was bedeuten sie denn? Warum sind sie so ungleich? Einige frisch angezündet, viele Stümpfchen schon dem Erlöschen nahe, manche nur noch bloßer Docht, den der leiseste Luftzug ausblasen könnte!“

„Die Sache ist ganz einfach. Jedes Licht, das hier brennt, ist das Leben eines Menschen. Wo noch viel Brennmaterial ist, da ist noch viel Leben, wo das Stümpfchen ist, ein baldiger Tod.“

„Brennt da auch meine Lebensflamme?“, fragte Urssenbeck. „Freilich. Willst du sie sehen?“

„Sei so gut und zeig sie mir.“

Der Tod führte den Doktor in einen Gang und zeigte ihm sein Lebenslicht. Wie vom Blitz getroffen stand Urssenbeck davor, denn das Stümpfchen flackerte matt und war dem Erlöschen nahe. Zitternd fiel er vor dem Gevatter nieder.

„Hab Erbarmen mit mir! Noch so kräftig und schon soll ich sterben? Was wird aus meinen Reichtümern werden? Du musst mein Flehen erhören und mir ein neues Licht geben!“

„Das ist schon die zweite sonderbare Bitte, die du an mich richtest. Das habe ich noch für niemandem getan. Eine neue Kerze draufgeben, was fällt dir ein?“

„Sei barmherzig, wie du schon einmal zu mir warst. Gewähre meine Bitte, sieh, ich umfasse deine Knie und flehe dich an mich zu verschonen.“

„Wohlan, es sei!“ Der Tod griff nach dem Kerzenstumpf, um ihn wegzunehmen und eine längere Kerze aufzustecken. Als er aber über die Neuheit eines solchen Vorschlages lachen musste, da glitt durch die Erschütterung das Stümpfchen aus seiner Hand und fiel zu Boden. Es erlosch alsbald. Mit ihm lag auch Doktor Urssenbeck auf der Erde und war verschieden. Trauernd blickte Freund Hein auf ihn. Er hatte ja nicht die Macht, ihn aufzuwecken.

Abends fand man im Hohlweg die kalte Leiche des berühmten Totendoktors. Er wurde auf dem St.-Stephans-Friedhof begraben.

Die Himmelspförtnerin

Unter den frommen Frauen des Klosters zur Heiligen Agnes und Heiligen Katharina in der Traibotenstraße, der heutigen Himmelpfortgasse, lebte ein junges Mädchen, das durch seine Schönheit, Jugend und Sittsamkeit auffiel. Es wurde schon seit seiner Kindheit von Schwestern hinter stillen Mauern erzogen, und das Leben außerhalb des Klosters mit seinen Freuden und Leiden war dem Mädchen unbekannt. Diesem Mädchen übergab die Oberin das Amt der Pförtnerin, das es gewissenhaft ausführte.

Das erhöhte natürlich den Reiz für den Teufel, sich diese reine Seele zu schnappen; freilich musste das Mädchen erst auf den Weg der Sünde geführt werden, und darin wollte sich der Teufel mal wieder erproben.

Als die junge Frau an einem Abend, nach einem arbeitsreichen und anstrengenden Tag, ein von ihr sehr verehrtes Gnadenbild der Muttergottes in einer benachbarten Kapelle zu besuchen vergessen hatte, da drang der Teufel in ihren Traum ein und verführte sie zu einem erotischen Abenteuer. Dabei sagte er sehr überzeugend zu ihr, dass auch außerhalb der Klostermauern tugendhafte Menschen lebten, die die Welt Gottes auf eine heitere Art und Weise lobten und preisten.

Nachdem der Teufel auch in den folgenden Nächten sein Werk fortsetzte, war es um die Reinheit ihrer Seele geschehen. So erwachte die junge Nonne in einer Nacht aus ihrem unruhigen Schlaf, zog sich an und ging zur Pforte, deren Schlüsselgewalt sie innehatte. Sie sperrte das Tor auf und legte dann die Schlüssel vor das Gnadenbild der Muttergottes. Mit den Worten „Du himmlische Königin! Deine unwürdige Dienerin hat sich der Welt zugewendet, nimm also du die Schlüssel und wache über dein Haus“, stürzte sie zur Klosterpforte und in die weite Welt hinaus.

Nach sieben Jahren im weltlichen Leben, in denen sie viele neue Freuden und Leiden kennengelernt hatte, waren es betrogene Liebe und marternder Undank, die sie am meisten quälten. Mit großer Sehnsucht dachte sie an ihr altes, friedliches Leben hinter den Klostermauern mit ihrem so liebgewonnenen Gnadenbild. Ihr kam der Gedanke, einfach wieder ins Kloster zurückzukehren und um Verzeihung und neuerliche Aufnahme zu bitten.

Sie zog ein einfaches, demütiges Gewand an, nahm einen Pilgerstab und machte sich mit nackten Füßen auf den Weg. Viele Meilen musste sie zurücklegen und erreichte schließlich halb verhungert und verdurstet die Stufen der Klosterpforte. Mit zitternder Hand zog sie die Hausglocke und traute ihren Augen nicht, als die himmlische Mutter mit dem Jesuskind im Arm ihr die

Tür öffnete. Die Reumütige fiel auf die Knie, doch die Heilige Maria half ihr auf und übergab ihr die Pfortenschlüssel wieder, die sie vor sieben Jahren am Fuße des Gnadenbildes niedergelegt hatte. Dann ging die Gottesmutter schweigend wieder in die Kapelle, wo sie ihren angestammten Platz hatte. Am nächsten Tag fühlte sich die Zurückgekehrte sehr schwach und krank; sie ließ die Oberin und alle Schwestern zu sich kommen und bekannte öffentlich ihr Vergehen. Ihre Mitschwestern staunten über ihre Worte sehr, denn niemand hatte in den sieben Jahren ihre Abwesenheit bemerkt, sondern sie wurde immer pflichtbewusst an der Pforte gesehen – es war die Gottesmutter, die sie die ganze Zeit über in ihrem Amt vertreten und die Pforte gehütet hatte.

Der bekennenden Nonne wurde verziehen und diese fiel daraufhin in einen tiefen, ruhigen Schlaf, aus dem sie nicht mehr erwachte. Die Vorsteherin meldete das Wunder nach Rom und der Heilige Vater gab zur Antwort, dass das Kloster zum Andenken daran „Zur Himmelpförtnerin" genannt werden sollte.

Stoß im Himmel

In Wien lebte einmal eine Frau – es ist schon so lange her, dass man nicht einmal mehr ihren Namen weiß –, die war besonders eitel und hochnäsig. Nichts war gut genug für sie und sie empfand es als unter ihrer Würde, ein Kleid, mit dem man sie schon gesehen hatte, ein zweites Mal zu tragen.

Es nahm natürlich viel Zeit in Anspruch zu entscheiden, welches Kleid sie an welchem Tag anlegen könnte, noch dazu mussten neue Stoffe bestellt und neue Kleider in Auftrag gegeben werden. Auch musste die Frisur auf das jeweilige Gewand abgestimmt werden, ebenso der Schmuck und natürlich auch der Gesichtspuder. So blieb ihr nicht mehr viel Zeit, die Hausangestellten zu führen und schon gar nicht, in die Kirche zu gehen.

Tag und Nacht dachte sie nur daran, wie sie die anderen Damen an Putz und Flitter übertreffen könnte, und ihr Hochmut wuchs in dem Grade, wie ihr Vermögen abnahm.

Eines Tages ging sie auf der Straße an einem Bild der Gottesmutter vorüber und sagte spöttelnd:

„Na, wenn das das Kleid einer Königin sein soll! Als Gottesmutter könntest du schon auch mehr auf dein äußeres Erscheinungsbild achten, in dieser Hinsicht könntest du dir wohl ein Beispiel an mir nehmen!"

Dieser unglaubliche Hochmut schrie zum Himmel, und die Gottesmutter Maria wandte ihr Antlitz ab von der lasterhaften Frau. In der gleichen Nacht noch sollte sie ihre Strafe dafür erhalten. Punkt Mitternacht klopfte es wie wild an der Haustür, und da sich niemand der Bediensteten bemüßigt fühlte aufzustehen, die Hausherrin bei diesem Krawall aber nicht schlafen konnte, ging sie selber an die Tür, um nach dem späten Gast zu schauen. Als sie öffnete, stand eine Bettlerin vor ihr; da schäumte die Frau vor Wut:

„Mach, dass du fortkommst, du elendiges Weib! Was fällt dir ein, anständige Menschen um diese Zeit aus dem Bett zu holen? Schleich di, aber g'schwind!"

Aber die Alte schwang ihren Krückstock und rief stolz:

„Ach, du Armselige, was sehe ich denn da für Klamotten in deinen Kleiderschränken! Ich bin gekommen, um dir einen Schatz zu zeigen – ein Kleid, so schön, dass es einer Königin zustehen würde. Aber bitte, du willst mich hier ja nicht sehen ..."

Da wurde die eitle Dame hellhörig, konnte dem Ganzen aber nicht recht viel Glauben schenken.

„Na, dann zeig doch, was du hast, altes Weib. Wird's doch nicht ein Kleid für eine Lumpenkönigin sein?", gab sie schrill lachend zur Antwort.

Nun holte die Alte ein Kleid hervor, das von Gold und Samt nur so flimmerte. Dazu gehörte ein Schleier, in dessen feines Gewebe die Sterne des Himmels selbst verwebt schienen, so funkelte er. Außerdem gab es auch noch einen prächtigen Gürtel und die passenden Schuhe. Die Alte hatte wahr gesprochen, dieses Kleid wollte die Eitle haben, es war wie für sie gemacht. Mit flehendem Blick fragte sie nun, was denn das alles kosten sollte.

Darauf die Alte:

„Du fragst nach dem Kostenpunkt und hast doch gar kein Vermögen mehr. Womit du zahlen kannst, das weiß ich auch nicht, aber wir können tauschen, denn Geld und Gold habe ich genug. Ich werde dir das Kleid auf drei Tage und drei Nächte borgen. In der dritten Mitternacht werde ich als Lohn das bekommen, was von dem Kleid bedeckt wird."

„Ja, ja, ja", war die freudige Antwort der eitlen Frau, die so geblendet war, dass sie die Bedeutung der Worte gar nicht richtig verstand.

So kam denn die dritte Nacht und auch die Mitternachtsstunde, und die hochmütige Frau begann sich nun zu überlegen, was denn wohl die Alte eigentlich von ihr haben wollte. Ihr war gar nicht mehr wohl in ihrer Haut, je länger sie darüber nachdachte, und es überkam sie schließlich eine furchtbare Angst.

„Das Beste wird sein, wenn ich das Kleid schnell ausziehe und es über irgendein Möbelstück hänge", dachte sie bei sich und wollte das Kleid, das wie maßgeschneidert passte, ablegen. Aber es war nicht möglich – das Kleid schien auf ihr angewachsen zu sein, sie brachte den Stoff einfach nicht herunter!

Schon war es zwölf Uhr und es klopfte laut an ihrer Tür. Als nun die Alte eintrat, da musste die Arme entsetzt hören:

„Tja, meine Liebe, nun komme ich, um zu holen, was wir verhandelt haben. Wie ich sehe, trägst du immer noch das Kleid, und so bist du mein Lohn!“, sprach die Alte und löste langsam ihre Gestalt auf. Wenig später stand der stinkende Teufel vor der erschrockenen Frau und, mit der Verwandlung einhergehend, begannen aus dem roten Samtkleid helle Flammen aufzuflackern und die arme Frau konnte sich nicht daraus befreien. Der Teufel hatte seine helle Freude an diesem Schauspiel – doch was war das? Als die Flammen am Hals angekommen waren, da fiel das Kleid wie eine zweite Haut von ihrem Körper und ein kleines Heiligenamulett kam zum Vorschein, das die Frau am Hals trug und das sie aus den Klauen des Teufels gerettet hatte. Dies war ein Wendepunkt in dem Leben der eitlen Frau und sie ging zur Buße in ein Kloster, wo sie den irdischen Freuden entsagte. Ihr früheres Haus aber wurde seitdem zum „Stoß im Himmel“ genannt und erinnert daran, dass hier das Laster der Eitelkeit ein bisher nie gekanntes Ausmaß angenommen hatte.

Ein Bäckergeselle entdeckt die Türken

Im Jahr 1683 erreichte man mit der zweiten Wiener Türkenbelagerung auch neue Dimensionen der Kriegsführung, wobei besonders der Minenkrieg für Wien gefährlich wurde, da die Osmanen über 5.000 Mineure einsetzten.

Die feindlichen Kriegsscharen beschlossen nach wiederholten Sturmangriffen auf die hart bedrängte Stadt, unter der Stadtmauer einen Gang zu graben. Durch diesen sollten auserlesene Elitekämpfer während der Nacht in die Stadt eindringen, das nahe Tor am Roten Turm einnehmen, dieses öffnen und dadurch dem türkischen Heer den Einfall ermöglichen. Aber der so klug eingefädelte Plan misslang dennoch.

Bei einem in der Nähe des Roten Turmes wohnenden Bäckermeister waren drei Bäckergesellen aus Münster in Westfalen noch spät in der Nacht bei der Arbeit, als plötzlich einer, Jürgen Lechther aus Münster, auf ein anhaltendes, unterirdisches Geräusch aufmerksam wurde. Natürlich war ihnen sofort klar, dass von diesen unterirdischen Bauarbeiten allergrößte Gefahr ausging und sie meldeten ihre Wahrnehmungen sofort den Stadtbehörden. Nun wurde der Ort genau untersucht. Man legte Würfel auf eine herbeigebrachte Trommel, und diese fingen an, aufgrund der unterirdischen Bauarbeiten auf dem Instrument zu hüpfen. Nun konnte man sicher sein, dass die Türken bereits mitten unter Wien waren und so kam es, dass die Feinde, als sie voller Siegeshoffnung aus ihrem Tunnel in den Keller herauskamen, übel in Empfang genommen wurden. Keiner von ihnen kehrte lebend zurück, der ganze Anschlag war vereitelt, und am folgenden Tag erschien das längst erwartete Entsatzheer zur Befreiung der Stadt. Unter dem tapferen König Johann Sobiesky von Polen, der zusammen mit den kaiserlichen Truppen einen Generalangriff auf die Türken durchführte, musste das osmanische Heer überstürzt die Flucht ergreifen.

Kaiser Leopold I. wünschte, sich den Bäckergesellen für ihren Anteil an der Verteidigung erkenntlich zu zeigen und forderte die Burschen auf, sich selbst eine Belohnung zu bestimmen. Da wies Jürgen Lechther darauf hin, dass es ein Montag gewesen war, an dem sie sich der Kaiserstadt nützlich erweisen konnten. Deshalb möge den Bäckergesellen für immer ein Montag jährlich zu besonderer Feier freigegeben werden. Diese Bitte wurde gern gewährt, und unter Anerkennung ihres Mutes und ihrer Treue gab ihnen der Kaiser so reiche Geschenke, dass sie nach der Rückkehr in ihre westfälische Heimat selbständige Bäckereien eröffnen konnten.

Diese Geschichte – allerdings schon aus dem Jahr 1529 – wird in Wien auch über das Haus „Zum Heidenschuss" auf der Freyung erzählt. Das im Jahr 1365 erstmals erwähnte Hauszeichen „Da der Hayden Scheuzzt", heute würde man sagen „Wo der Heide schießt", wurde in der heutigen Form um 1852 angebracht und zeigt einen säbelschwingenden Osmanen auf seinem Pferd.

Der Bäckerbursch Josef Schulz hörte dumpfes Stimmengewirr und das leise Pochen ferner Werkzeuge am Boden der Bäckerei. Man grub nach und stieß nach einiger Zeit auf die osmanischen Mineure, die man wegen des von ihnen schon mitgebrachten Schießpulvers nur unter gefährlichen Umständen im unterirdischen Kampf überwältigte und damit die Stadt vor großem Unheil bewahrte.

Das Haus zum Küssdenpfennig

Wie es sich für eine Großstadt gehört, so soll auch der berühmte Wunderdoktor Theophrastus Bombastus von Hohenheim, genannt Paracelsus, Wien besucht haben, das war im Jahr 1514. Um Herberge fragte er beim Wirt Wangler in der Adlergasse 4, in der Nähe des Roten Turmes, wo er sich dann auch einquartierte. Paracelsus machte auf die Wirtsleute den Eindruck eines zerstreuten Professors, der sich wenig um Äußerlichkeiten kümmerte, mit ausgesprochen dürftigem Gepäck reiste und fast ein ärmliches Aussehen hatte. Nachdem der Gelehrte nun schon einige Tage im Gasthaus gewohnt und gut gespeist und getrunken hatte, war seine Rechnung schon ziemlich angewachsen, und der Wirt machte sich so seine Gedanken, ob der Herr Doktor wohl auch seine Zeche bezahlen könne. Der Wirt war nicht besonders guter Laune, denn er hatte soeben erkannt, dass sein Sohn sich in das Serviermädchen verliebt hatte, das eine entfernte Verwandte von ihm war. Das war aber gar nicht das Schlimmste an der Sache, das Tragische war, dass er für seinen Sohn ein Mädchen aus besten Kreisen vorgesehen hatte und nicht ein Mädel vom Land, das keine große Mitgift beisteuern konnte. Als nun sein Sohn wie ein verliebter Gockel um das einfache Mädchen warb, da musste der Wirt ihn einfach zur Seite nehmen und ihm die Leviten lesen. Doch es kam zu einem Streit, und wie nun auch noch der verlotterte Doktor zu schlichten versuchte, da fuhr es dem Wirt heraus:

„Kümmert Euch lieber darum, wie Ihr Eure Zeche bezahlen wollt und mischt Euch nicht in Angelegenheiten, wo es um ganz andere Summen Geld geht, wie Ihr es nicht gewöhnt seid!"

Da warf ihm der kauzige Wunderdoktor einen Kupferpfennig vor die Füße und sprach:

„Damit werde ich wohl meine Schuld beglichen haben. Der Rest ist aber kein Trinkgeld, sondern die Mitgift für die Braut."

Dem Wirt stieg nun die Zornesröte ins Gesicht und gepresst, um nicht zu brüllen, brachte er hervor:

„Das habe ich mir gedacht – groß im Philosophieren und im Maulaufreißen, aber nichts in der Geldtasche haben –, das habe ich gern. Dann überlegt Euch mal besser, wie Ihr Eure Schulden begleichen wollt, statt sich über andere den Kopf zu zerbrechen!"

„Ja, wollt Ihr Euch den Pfennig vor Euren Füßen denn nicht wenigstens anschauen?", fragte ihn Paracelsus und erhob sich vom Tisch.

Da bückte sich der Wirt, blitzschnell hob er den Pfennig auf, den er in die Luft warf und dann zum Mund führte und küsste. Der Pfennig hatte sich in Gold verwandelt, und damit war die offene Rechnung um ein Mehrfaches beglichen. Der Gasthof aber behielt von da an den Namen „Zum-Küss-den-Pfennig“.

Die Speckseite im Roten Turm

Wie jede Stadt im Mittelalter, so war auch Wien von einer Stadtmauer mit Stadtgraben umgeben, die an mehreren Seiten bewachte Stadttore hatte und noch dazu mehrere Türme. Einige sind heute noch bekannt, wie der Kärntnerturm, der Rote Turm, Stubenturm, Widmerturm und Schottenturm. Am Stubentor war der Schutzpatron der Reisenden angebracht, der heilige Christophorus, der Kärntnerturm war der massivste und beherbergte ein Gefängnis; mit dem Roten Turm hatte es aber etwas ganz Besonderes auf sich – dort hing eine Speckseite.

Auch ein sagenhaftes Ereignis war an diesem Turm der Stadtmauer dargestellt:

Herzog Leopold V. von Österreich hatte nämlich den gefangen gehaltenen König von England, Richard Löwenherz, gegen Lösegeld wieder freigegeben. Und von diesem Lösegeld soll der Turm gebaut worden sein. Die oben erwähnte Speckseite aber, die bald zu den Wahrzeichen Wiens gehörte, hing innen im Torgewölbe.

Den Wienern wurde schon immer gern nachgesagt, dass sie Pantoffelhelden seien und die Frauen das Sagen über ihre Männer hätten, und das wurde „dem starken Geschlecht“ doch irgendwann einmal zu viel. Einige Männer gingen zum Stadtrat und beklagten sich über die gemeinen Reden und die Beleidigung ihrer Ehre. Es sei nun am Stadtrat, dieser Ehrabschneidung Einhalt zu gebieten, denn keiner der Wiener Männer wollte länger als Feigling betitelt werden. Da ließ der Stadtmagistrat eine geräucherte Speckseite unter das Torgewölbe des Roten Turmes hängen und zwei große Schrifttafeln daneben. Auf der einen stand geschrieben, dass die Speckseite von dem Mann abgenommen werden dürfe, der ohne zu lügen sagen konnte, dass er niemals seine Heirat bereut oder sich vor seiner Frau gefürchtet hatte.

Auf der anderen Tafel stand, dass der Mann, dessen Frau oft handgreiflich gegen ihn wäre und der mit kaltem Seifenwasser den Kopf gewaschen bekäme, die Speckseite hängen lassen und seiner Frau etwas anderes mit nach Hause bringen sollte.

Auch wurde in der ganze Stadt Wien verkündet, dass die Speckseite im Roten Turm aufgehängt worden war und was es damit auf sich hatte. Zusätzlich sollten die Männer auch noch dokumentieren, wer das Wort im Hause führte. Aber siehe da, nichts war mehr von dem besonderen Anliegen der Männer zu hören, und keiner ging zum Roten Turm, um den Speck abzunehmen.

Endlich kam ein schneidiger, junger Ehemann, dessen Flitterwochen noch nicht lange her waren und verkündete, dass er bei sich der Herr im Haus sei. Er kam deshalb mit einer Leiter und rief die Passanten als Zeugen zusammen, dass er jetzt die Speckseite herunterholen werde. Wie er nun an diesem heißen Sommertag auf die Leiter kletterte und die fettige, schmalzige Speckseite im Gewölbe abnehmen wollte, da kletterte er schnell wieder hinab, zog seine Jacke aus und wollte schnell wieder hinauf. Da hielten ihn die anderen Männer auf und fragten, was das solle.

„Ich habe nur schnell meine neue Jacke ausgezogen, denn sonst wird mir meine Frau was erzählen, wenn ich mit Fettflecken nach Hause komme.“

Da lachten die Zuschauer laut auf, und ihm selber kam jetzt erst zum Bewusstsein, was er gesagt hatte. Von den Umstehenden wurde er mit „Aufschneider“ und „Pantoffelritter“ beschimpft und die anderen nahmen ihm die Leiter weg.

So blieb die Speckseite noch ein paar hundert Jahre hängen und wurde schließlich zum Wahrzeichen. Als dann der Rote Turm im Jahr 1776 geschliffen wurde, konnte endlich auch die Speckseite aus gutem Grund abgenommen werden.

Kaiser Joseph II., der aufgeklärte Monarch

Es wissen nur wenige, aber Kaiser Josef II. war eine Frühgeburt. Und um ihn am Leben zu erhalten, legte man das Neugeborene in frisch geschlachtete Schweine hinein, bis es kräftig genug war und deren Lebenswärme nicht mehr brauchte.

Auch über des Kaisers Tod wissen sich die Wiener viel zu erzählen. So soll er, weil er zu gescheit und zu gelehrt war, von den Jesuiten mit einer Kerze vergiftet worden sein. Diese war in Gift getränkt und wird noch heute als legendäre „Totenkerze“ im Wiener Stadtmuseum aufgehoben.

Als die Nachricht des Todes vom Kaiser im Lande bekannt wurde, konnte man nicht glauben, dass er gestorben war. Man sagte, dass er von seinem Bruder auf eine Insel verbannt worden sei. Nach anderen Quellen wurde er unter der Schmelz, der einstigen Paradewiese, gefangen gehalten. Und wieder andere wussten, dass er im Vatikan gestorben sei. Man vermutete auch, dass in der Kapuzinergruft eine wächserne Puppe statt des Kaisers beigesetzt worden sei. Noch heute wird Kaiser Josef

II. in Wien als Retter seines deutschen Volkes verehrt. Wenn die Zeit da sein wird, wird der Kaiser auferstehen und sein Volk erlösen, ähnlich wie der Kaiser im Berg.

Kaiser Joseph verkleidete sich gerne und mischte sich dann unters Volk, um so etwas über andere Meinungen und Gedanken, als sie ihm am Hof begegneten, zu erfahren. Er wusste dann alles über sein Volk – was den Leuten fehlte, welche Steuern sie zahlen mussten und viele andere Sachen mehr. So hatte er auch gehört, dass die Eier zu teuer verkauft wurden, und da er eine ganz besondere Ansicht zur Gerechtigkeit hatte, ging er dem nach.

In Zivilkleidung ging er dann selbst auf den Markt und fragte nach dem Preis der Eier. Die Händlerin nannte diesen.

„Das ist aber teuer", sagte er, kaufte aber doch zwei Stück. Nach einiger Zeit kehrte er wieder zurück und sagte zur Bäuerin:

„Habt Ihr noch mehr von diesen Eiern, ich will sie alle kaufen!"

„Ja, wieso denn das", fragte sie ihn, „eben waren sie Euch doch noch zu teuer."

„Das stimmt, aber da wusste ich auch noch nicht, dass ich in jedem Ei ein Goldstück finden würde, wenn ich es aufschlage!", erwiderte er.

„Das kann ich schon selbst!", rief die Bäuerin begeistert und begann die Eier aufzuschlagen Der Kaiser aber schaute, dass er weiterkam.

Wenn sich der Kaiser am Abend verkleidet hatte, dann kam er in seiner Verkleidung überall hin, er ging aufs Land zu den Bauern und in die Stadt.

Einmal verkleidete er sich als Handwerksbursche, ging in die Stadt und kehrte dort ein, wo besonders übermütig gesungen und getanzt wurde. Als er die Gaststube betrat, da rief ihm schon ein lustiger Soldat zu:

„He, Landsmann, geh zu mir da her, du armer Teufel!"

So setzte er sich zu dem Soldaten, und der lud ihn auf ein Glas Wein ein. Wie er wieder gehen wollte, da hielt ihn der andere auf und lud ihn zu noch einem „Glasl" ein.

„Ich habe Geld genug, denn ich hab einen ‚französischen Schmiss' gemacht, ich habe mein Bajonett verkauft und trage jetzt ein hölzernes!"

„Ah so", antwortete der Kaiser, „dann geht's ja gut", und sie tranken noch eins.

Als dann ein jeder seines Weges ging und der Soldat auf den Platz kam, da liefen die anderen Soldaten durcheinander.

„Teufel", rief der Soldat aus, „was ist denn los?"

„Morgen kommt der Kaiser, wir müssen putzen und reinigen", riefen ihm die Kameraden hektisch zu.

„Teufel", dachte er sich, „wie geht denn jetzt das mit dem hölzernen Seitengewehr? Hach, ich schau, dass ich ins zweite Glied komme, dort kann er nicht soviel sehen."

Und so deichselte er's, und um acht Uhr standen sie alle im Hof. Als der Kaiser nun kam und sich alle gut anschaute, da erkannte er den Soldaten vom Vortag gleich wieder. Er ging aber spaßeshalber erst an ihm vorbei, blieb dann stehen und kehrte wieder um.

„Niederknien!", befahl er dem Vordermann, und zum Hintermann: „Vortreten!"

Und weiter:

„Schlag deinem Kameraden mit dem Bajonett den Kopf ab!"

„Oh weh", dachte sich der Soldat, rief dann aber laut: „Ich bitte den Herrgott und alle Heiligen und den heiligen Paulus, dass mein Schwert zu Holz wird!" Er zog nun das Seitengewehr aus der Scheide und schlug dem Kameraden sein Holzgewehr über den Kopf, dass es in zwei Stücke brach. Das gefiel dem Kaiser so richtig gut, dass er sagte:

„Das ist ein richtiger Tiroler, der ist sofort zu beurlauben."

Als der Kaiser in Wien spazieren ging, sah er ein Kloster mit dem Sinnspruch „Ohne Sorge leben wir!" Da dachte er bei sich: „Also ich als Kaiser kann nicht sorgenfrei leben, wie können denn die ohne Sorgen leben?"

So ließ er die Brüder des Klosters holen – es waren Franziskaner – und sprach:

„Ihr müsst mir jetzt sagen, wie hoch der Himmel und wie tief das Meer ist."

Da die Patres dies nicht beantworten konnten, gab er ihnen drei Tage Zeit für die Antwort. Nun liefen sie wohl wie die Wiesel herum und fragten überall nach der Antwort. Auch einen Zigeuner fragten sie, der – nachdem er hundert Gulden bekommen hatte – doch eine Antwort wusste.

„Der Himmel ist seufzerhoch und das Meer ist steinwurftief."

Nun liefen sie zum Kaiser, der sagte „Gut" und hatte schon gleich die nächste Aufgabe für sie.

„Ihr müsst zu mir kommen und dürft nicht ‚nackert' sein, aber ein Gewand anhaben dürft ihr auch nicht. Drei Tage gebe ich euch Frist."

Da gingen sie wieder zu dem Zigeuner und gaben ihm hundert Gulden für die Antwort. Der riet ihnen nun, sich auszuziehen und mit Terpentin einzuschmieren. Darauf aber sollten sie sich mit lauter Federn – blauen, weißen, grünen, alle Farben, die sie hatten – dick „verpicken".

So traten sie wie die Geier vor den Kaiser, und der rief: „Bravo, aber jetzt habe ich noch etwas für euch: Ihr müsst mir eine solche Predigt halten – hint' müssen sie lächeln und vorne müssen sie weinen."

Und der Zigeuner wusste ein drittes Mal Rat:

„Hinten hängt ihr euch einen großen Rossschweif an, so dass er ordentlich baumelt."

Das tat einer von ihnen und predigte dabei, so lachten die Leute hinter ihm, und vorne weinten sie. Nun sagte der Kaiser:

„Jetzt könnt ihr ohne Sorge leben!“

Auf die Klöster hatte es der Kaiser besonders abgesehen. Einmal hörte er von einem Kloster, in dem es ganz schlimm zugehen sollte. Da ließ er das Kloster vom Militär umstellen, stürmte dann hinein, ließ die Geistlichen alle antreten und stellte sich ihnen als Kaiser vor.

Dann befahl er: „Alles ausziehen!“

Die Priester wollten sich nicht vor ihm ausziehen, aber da es ein Befehl war, blieb ihnen nichts anderes übrig.

Jetzt sah man sehr genau, dass mehr Weibsbilder als Mannsleute sich in diesem Männerkloster befanden, und einige von ihnen waren sogar schwanger. Nun ließ der Kaiser nach Leichen suchen, und im Keller wurden lauter Skelette von kleinen Kindern gefunden. So handelte der Kaiser – er ließ das Kloster absperren und anzünden.

Kaiser Rudolfs Großmut

Kaiser Rudolf wurde von seinen Untertanen sehr verehrt, viele nannten ihn „das lebendige Gesetz“, denn sein Gerechtigkeitssinn war so ausgeprägt, dass er sogar heute noch im Sprachgebrauch ist. Auch war er besonders gütig und liebenswürdig.

So schaute der Kaiser einmal seinen Bogenschützen beim Training zu. Einer von ihnen wurde wegen seiner Anwesenheit derart nervös, dass er den Kaiser mit seinem Geschoss traf. Die Begleiter des Kaisers riefen vor Empörung über diesen ungeschickten und tölpelhaften Menschen, dass dem Bogenschützen die Hand abgehauen werden sollte. Der schwer verwundete Rudolf aber entgegnete:

„Nun, das hättet ihr tun sollen, bevor er mich getroffen hat. Jetzt aber lasst ihn frei, und ermahnt ihn, in Zukunft vorsichtiger zu sein.“

Als es zur zweiten großen Schlacht zwischen Rudolf und Ottokar von Böhmen kam, da ließ Ottokar verkünden, dass derjenige reich belohnt werden würde, der den Kaiser oder mindestens sein Ross zu Fall bringen würde. Das war natürlich ein besonderer Anreiz für die Soldaten, und im Kampf versuchten besonders viele Männer, den habsburgischen Kaiser zu vernichten. Letztendlich drangen nur zwei bis zu Rudolf durch. Der Erste war Herboth von Füllenstein, ein Dienstmann des Erzbischofs von Olmütz, der die Scharen durchbrach und den Kaiser attackierte. Doch Rudolf wendete gekonnt sein Pferd und schlug den Angreifer mit der Streitaxt zu Boden. Valens, einem Thüringer von riesenhafter Größe, gelang es wenig später, das Pferd Rudolfs mit dem Schwert zu töten, worauf auch der Reiter zu Boden stürzte. Dabei schlug Rudolf so hart mit dem Kopf auf, dass ihm der Helm vom Kopf sprang. Zum Glück hatte er noch den Schild, mit dem er seinen Kopf schützen konnte, und bald kam auch schon sein Gefolge zur Rettung herbeigeeilt. Valens aber wurde im Kampf getötet. Dann durchbrach Berchthold von Kepellen mit der Nachhut der Österreicher die böhmischen Reihen, und die Schlacht gegen Ottokar war gewonnen. Nun ließ sich Rudolf seinen ersten Angreifer, Herboth, vorführen und dieser dachte, dass nun sein letztes Stündlein geschlagen habe. Staunend hörte er die Worte von Kaiser Rudolf, der ihn begnadigte und ziehen ließ, wohin er wollte, denn „es würde großer Schaden sein, wenn solch ein tapferer Ritter seines Lebens beraubt würde.“

Manches Mal ermahnten die Räte Rudolf, dass er zu milde und zu gütig sei, worauf er ihnen stets zur Antwort gab:

„Es tat mir schon oft im Nachhinein leid, dass ich zu ernst und streng gewesen bin, nie aber soll es mir leid tun, dass ich sanft und gütig gewesen bin.“

Doch Rudolf war noch dazu sehr freundlich und gut gelaunt, er liebte einen heiteren Scherz und verzieh manchen mit seiner Person zu weit getriebenen Scherz. Dagegen konnte er eigennützige Spaßmacher nicht leiden. So trat ihm einmal ein Bettler bewusst an der Kirchentür in den Weg und sagte:

„Herr, wir alle sind die Kinder eines Vaters. Demnach bin ich Euer Bruder und es wäre ein Leichtes für Euch, wenn Ihr mir aus meiner Armut heraus helft!“

„Gut“, sagte Rudolf, „geh du in der Zwischenzeit nach Hause einen Sack zu holen und warte, bis ich wiederkomme. Ich aber gehe jetzt in die heilige Messe.“

Voll Freude lief der Sprücheklopfer heim und suchte den größten Sack heraus. Als der Kaiser später aus dem Dom trat, stand er schon in der Vorhalle und hielt ihm mit Kinn und Händen den weit aufgespannten Sack vor. Der Kaiser griff in die Tasche, streckte die Hand aus und ließ einen Dreier hineinfallen.

„So wohl, Bursche, du hast ja noch mehr Brüder im Reich, zieh nun von Ort zu Ort, und wenn jeder dir so viel gibt wie ich, dann wirst du reicher sein als wir zusammen.“

Besonders viel wurde im Kaiserreich über eine Äußerlichkeit des Kaisers geredet – seine Nase –, denn diese war nicht gerade klein. So kam einmal dem Kaiser und seinem Gefolge ein Bauernwagen in den Weg, der nicht halten wollte und dadurch den Reiterzug aufhielt. Dem Bauern wurde zugerufen, er solle gefälligst ausstellen, denn es sei der Kaiser, der hier vorbei wolle.

„Ich kann ja nicht, ich würde ja gerne“, schrie der zornige Bauer, „aber Rudolfs große Nase lässt mir keinen Platz zum Umkehren.“

Diese Ehrenbeleidigung musste natürlich dem Kaiser vorgetragen werden und alle Männer waren darauf gespannt, welche Strafe jetzt wohl der Bauer mit seinem unverschämten Spott bekommen würde.

Doch Rudolf setzte ruhig einen Finger an seine Nasenspitze und schob seine Nase auf die Seite. Dann fragt er den zitternden Bauern:

„Hast du nun Platz?"

Der liebe Augustin in der Pestgrube

Schon ab dem 17. Jahrhundert und noch gute 150 Jahre später gehörte das Bierhaus „Zum Roten Dachel" auf dem alten Fleischmarkt zu den am besten besuchten Schenken von Wien. So ein damaliges Bierhaus darf man sich nicht wie eine elegante Bierhalle vorstellen, nein, es waren einfache, etwas schmuddelige Schenken. Der Eigentümer und Wirt war damals Herr Ulrich Konrad Puffan. Diese Schenke besuchte oft der sehr beliebte und weit berühmte Sackpfeifer und Bänkelsänger Augustin, und viele andere Gäste kamen nur seinetwegen. Jeden Montag, Donnerstag und Sonntag erschienen sogar viele sittsame Bürger bis hin zu Würdenträgern, nur um sich an den derben Späßen und Schwänken Augustins zu erfreuen. Dazu wurde reichlich gegessen und getrunken, es gab Gersten- oder Weißbier, Wecken, glatte Semmeln, Cervelat und die damals schon beliebten Wiener Würsteln. Das war aber nicht nur die Zeit des lieben Augustin – im Sommer des Jahres 1679 kam eine Epidemie nach Wien, die als die „große Pest" in die Geschichte eingehen sollte.

In der Leopoldstadt zeigten sich im Frühjahr die ersten Zeichen, sodass nach der Abreise von Leopold des I. im August eine allgemeine Angst um sich griff. Alles, was fliehen konnte, tat dies. Niemand wollte als Krankenpfleger oder als Totengräber zurückbleiben, selbst die Ärzte mussten mit Gewalt gehalten werden, damit sie den Kranken beistanden. Tote und Sterbende lagen zu Hunderten auf den Straßen und wurden oft alle miteinander auf die Wägen zur Pestgrube geworfen. Aber selbst in dieser Zeit kamen immer noch einige Gäste ins Wirtshaus, um durch die erheiternden Klänge von Augustins Sackpfeife das allgemeine Elend für einige Stunden zu vergessen. Und Augustin schien überhaupt der Sorgloseste von allen zu sein, der sich über jeden gesammelten Pfennig und über jeden Humpen Bier und Branntwein wie ein Kind freuen konnte.

Eines Abends jedoch, da kam niemand mehr, um den lieben Augustin zu hören, und nun hatte der Musiker und Komiker viel Zeit und noch mehr Durst. Als er dann seinen Heimweg in die Hahngasse an der Landstraße anging, stolperte er über den Stephansplatz, vorbei am Stock im Eisen, Graben, Kohlmarkt und zum Burgtor hinaus. In seinem Rausch fand er nicht nach Hause, und irgendwann blieb er in der Dunkelheit einfach im Straßengraben liegen und schlief seinen Rausch aus.

Als er am frühen Morgen mit einem elendigen Durst aufwachte, da wurde ihm mit einem riesigen Schrecken klar, dass er auf einem Menschen lag. Schnell sprang er auf und erkannte seine Lage – er befand sich in einer Pestgrube. Die Pestknechte hatten ihn mit eingesammelt und auf dem Wagen zur Grube gebracht. Sein großes Glück war es, dass die Reihe der Leichen noch nicht vollständig war und sie deswegen noch nicht mit Erde bedeckt worden waren. Doch alleine kam er aus dieser schauerlichen Grube nicht heraus, auch sein Schreien und Rufen hatte keinen Sinn, erst als die nächste Wagenladung gebracht wurde, halfen ihm die Männer wieder heraus.

Augustin überlebte aber diesen Vorfall und machte sich das fürchterliche Abenteuer lediglich zunutze, indem er von nun an seinen Zuhörern eine neue, kuriose Geschichte vortragen konnte.

Am 17. Februar 1702 starb der bekannte Sackpfeifer und Bänkelsänger im Alter von 72 Jahren. Im Bierhaus „Zum Roten Dachel" erzählten die Gäste aber noch lange vom alten Augustin und seinen lustigen Liedern.

Meister Hans Puchsbaum

Die Arbeiten an der Wiener Stephanskirche zogen sich nicht nur über Jahrzehnte hin, nein, es wurde mittlerweile schon mehr als ein Jahrhundert daran gearbeitet. Endlich war das prächtige Werk fast vollendet, der schlanke Südturm stand schon, das Langhaus war sowieso schon fertig, und jetzt fehlte eigentlich nur mehr der Nordturm. Diese Arbeit sollte einem Baumeister übergeben werden, der versprach, den Turm in kürzester Zeit mit den geringsten Kosten zu bauen.

Da meldete sich auch der Baumeister Hans Puchsbaum, der damit Eindruck bei seinem zukünftigen Schwiegervater schinden wollte. Damit er den Auftrag auch bekäme, sprach er:

„Ich werde nur die Hälfte der Zeit der anderen Baumeister brauchen, um den Turm zu errichten!"

So ging der Auftrag also an Hans Puchsbaum, der bis dato ein unauffälliger Baumeister gewesen war und keine besonderen Leistungen vollbracht hatte.

Am Anfang, da verlief alles glatt, das Baugerüst wurde schnell und sicher aufgebaut und die Materialien bestellt. Dann traten schon bald die ersten Probleme auf, die Bauberechnungen waren nicht exakt, die Liefertermine des

Baumaterials wurden nicht eingehalten, und bald schien es unmöglich, den Bau fristgerecht fertigzustellen.

Nun wurde Hans Puchsbaum oft noch bis spätabends auf der Baustelle gesehen, wie er verzweifelt und mit gerunzelter Stirn dort stand und versuchte auf helfende Ideen zu kommen. Da stand plötzlich ein altes, hutzliges Männchen vor ihm, mit dunklen, stechenden Augen.

„Du hast es nicht leicht und ich möchte nicht in deiner Haut stecken“, begann das Männchen, und wie es die Aufmerksamkeit seines Gegenübers hatte, sprach es weiter, „und ich weiß um die Sorgen, die dir das Leben schwer machen.“

„Wer bist du und was hast du hier zu suchen?“, fragte Hans erschrocken.

„Na, wer soll ich schon sein – ich bin der Teufel und bin überall da, wo Menschen mit ihren Kräften keinen Ausweg mehr finden. So will ich auch dir meine Hilfe anbieten, deinen Auftrag termingerecht zu Ende zu führen.“

„Ha, so leicht bekommst du meine Seele nicht!“, antwortete Hans mit starker Stimme.

„Nun denn“, sagte der Teufel höllisch grinsend, „dann machen wir halt noch eine Klausel in den Vertrag. Wie wäre es damit, dass wir uns darauf einigen, dass du während der weiteren Bauzeit nicht den Namen Gottes, der Gottesmutter Maria und den der Heiligen anrufen darfst.“

Das erschien dem jungen Baumeister nicht weiter gefährlich und vor allem durchführbar, zumal er nach dem Bau des Turmes ja vom Vertrag wieder befreit sein würde, und so schlug er ein.

Von diesem Tag an ging es am Bau so flott weiter wie am Anfang, und es war eine reine Freude den Arbeitern zuzusehen. Dem Hans war jetzt so leicht ums Herz, und das Leben erschien ihm wieder froh und heiter und vor allem lebenswert. Wie er so auf seinem Gerüst stand und über die Baustelle blickte, da sah er seine große Liebe unten vorbeigehen. Nun blieb sie stehen und schaute sich suchend um – „Bestimmt will sie mich sprechen“ –, dachte sich der junge Baumeister und rief winkend:

„Maria, Maria, hier oben bin ich!“

Da fing das Gerüst, auf dem er stand, auch schon zu schwanken an und mit einem gewaltigen Krachen geriet alles ins Wanken und stürzte wie ein Kartenhaus zusammen. Hans Puchsbaum wurde mit in die Tiefe gerissen und unter Schutt und Mauertrümmern begraben, von dem bereits gebauten Turmstück war aber überhaupt nichts mehr zu sehen. Staubwolken hatten sich über dem Ort des Unglücks gebildet, und als es endlich wieder still war, da hörte ganz Wien ein schrilles Hohngelächter und manch einer der Herbeigelaufenen wollte eine Teufelsgestalt gesehen haben, die etwas aus den Trümmern holte.

Nach diesem schrecklichen Vorfall gab die Stadt das Vorhaben, einen weiteren Turm an die Stephanskirche zu bauen, auf und ließ die Bautrümmer abtragen. So sehr man aber auch suchte und den Bauschutt bis auf den kleinsten Stein abtrug – der Leichnam des Meisters wurde nicht gefunden.

Andere wissen wiederum, dass sich hier ein Streit zwischen dem Meister Pilgram und seinem Gehilfen abspielte. Meister Pilgram hatte den ersten, den großen Turm erbaut und war sehr stolz auf seine Arbeit und pflegte gerne zu sagen, dass kein anderer so eine Leistung hervorbringen könnte. Das ärgerte seinen Gehilfen und Lehrbuben dermaßen, dass er die Wette einging, einen ebenso schönen Turm zu bauen. Der Meister nahm die Wette an und der junge Bursch begann eifrig sein Werk. Die anderen Arbeiter der Baustelle verfolgten diesen Wettstreit natürlich gespannt, und irgendwann sprach es sich sogar unter der Bevölkerung herum, dass hier ein Schüler gegen seinen Meister antrat. Der Meister konnte sich aber wenig daran freuen, dass so ein Talent aus seiner Schule hervorging, er war vielmehr neidisch und eifersüchtig, denn er musste sich selber eingestehen, dass die Arbeit seines Gehilfen noch prächtiger war als die seine. Jetzt legte der Meister seinem Schüler eine Falle und lockerte ein Brett auf dem hohen Baugerüst des Konkurrenten; und als der junge Bursch am nächsten Morgen gutgelaunt in die Höhe kletterte, da trat er auf das gelöste Brett und stürzte in den Tod.

Dieses Ereignis soll in der Figurengruppe am Portal des Riesentores abgebildet sein, in der zwei Männer zu sehen sind. Der eine steigt auf das gebeugte Knie des anderen und stellt sich so über ihn.

Der Zahnwehherrgott

Am berühmten Stephansdom in Wien befand sich lange Zeit an der Außenseite des Mittelchores die Halbfigur eines „Schmerzensmannes“, das ist die Darstellung von Jesus Christus mit Dornenkrone, Geißelspuren und den Wundmalen; die Seitenwunde ist durch die vor der Brust verschränkten Arme nur schwer zu erkennen. Dieses Christusbild, welches ein Bild des Mitleidens ist, wird ganz besonders in Wien verehrt, und einige fromme Frauen hatten es dem Christus zur Ehre einmal mit einem Blumenkranz geschmückt. Damit der Wind, der ständig um den Stephansdom zieht, keinen Schaden anrichten konnte, banden sie den Kranz wohlweislich an. Die Frauen nahmen zwei Enden der farbigen Bänder und knüpften sie unter dem Kinn vom Christus zusammen, sodass der Kranz auf seinem Kopf nicht verrutschen konnte.

Spätabends kamen dann einige angeheiterte Burschen auf ihrem Heimweg an dem geschmückten Christusbild vorbei, und der Erste von ihnen rief laut lachend:

„Schaut's, unser Herrgott hat Zahnweh!"

„Ja", erwiderte der Nächste lachend, „wen wundert's, wenn er hier im Wind stehen muss!"

Die Burschen zogen lachend weiter und kamen gut daheim an. Doch der Erste bekam in der Nacht furchtbare Zahnschmerzen und konnte kein Auge zu tun. Gleich am nächsten Tag ging er mit einer dicken Backe zum Doktor, doch der konnte überhaupt nichts feststellen. So ging er zum nächsten Doktor, und auch dieser wusste sich keinen Rat. Da ging der Leidende, dem schon in der gleichen Nacht seine Worte über das Christusbild am Stephansdom eingefallen waren, zu dem verehrten Bildnis und bat kniend um Vergebung. Schon kam auch sein Kamerad, mit dem er den vorherigen Abend verbracht und der seinem Witz beigepflichtet hatte, ebenfalls mit einem geschwollen Mund. Das erregte natürlich Aufsehen unter den Passanten, wie zwei gestandene Mannsbilder vor dem Christusbild beteten und noch dazu, weil alle beide dem geschmückten Christuskopf so ähnlich sahen. Da sie jedoch von echter Reue erfüllt waren, wurden die nächtlichen Zechbrüder bald von ihren Zahnschmerzen erlöst. Seit diesem Vorfall aber hat sich in der Bevölkerung der Glaube ausgebreitet, dass dieses Christusbild besonders bei Zahn- und Mundkrankheiten helfe und es wird seitdem als „Zahnwehherrgott" bezeichnet. Die echte Abbildung steht mittlerweile an der Westwand der Nordturmhalle, wo sie nicht mehr Wind und Wetter ausgesetzt ist.

Die Kegelbahn auf dem Stephansturm

Noch bis in unsere Zeit wird in Wien von der Kegelbahn auf dem Stephansturm erzählt, einer kuriosen Besonderheit, die wohl sonst nirgends in einer Kirche zu finden ist. Der Turmwächter soll aus einem der kleinen Zimmer seiner Turmwächterwohnung auf dem Stephansdom eine Kegelbahn gemacht haben. Hier mag er sich nun an so manchem Tag am Kegelspiel erfreut haben, und am Sonntagnachmittag kamen angeblich seine befreundeten Kegelbrüder zu ihm auf Besuch. Wie man sich vorstellen kann, waren die Zimmer in einem Turm nicht besonders lang – doch wo ein Wille, da ein Weg –, und die Kegelbrüder nahmen es gerne in Kauf, dass die Kugel im Bücken durch die Füße hinausgeschoben werden musste, um die Kegel umzuwerfen.

An einem lustigen Herbstabend blieb einer der Kegelfreunde noch auf der Bahn, weil er einfach nicht genugbekommen konnte. Dieser war ein eher wüster Handwerksgeselle, der noch dazu ein besonders geschickter Spieler war, da er mit jedem Schub alle neun Kegel traf. Das bereitete ihm solchen Spaß, dass er jeden seiner Meisterschübe mit lautem Gejohle unterlegte.

Es war nicht mehr lange bis zur Mitternachtsstunde hin, da stand plötzlich ein grau gekleidetes, aschfahles Männlein neben der Kegelbahn und darüber war er so erschrocken, dass er zum ersten Mal die Kegel verfehlte.

„Ja, musst du mi so schrecken, du Dalkendippel, du?"

Der kleine Mann stierte ihn aus dunklen, stechenden Augen an, die aus einer weiten Ferne zu leuchten schienen und riet ihm, das Spiel jetzt zu beenden, denn es war schon spät in der Nacht und gleich werde das Glöcklein geläutet, das den Priester mit der heiligen Wegzehrung begleite.

„Ah, nix da, was hat das mit dem Kegeln zu tun? Ich wette mit dir, dass ich bei jedem Wurf neun Kegel treffen werde und du nicht. Schau, du kannst anfangen."

Der unheimliche Besucher in der Nacht nahm die Wette an und der Geselle ging, um ihm die Kegel aufzustellen. Da nahm er heimlich einen der Kegel und warf ihn zum Fenster hinaus.

Da zeigte das graue Männlein seine wahre Gestalt und stand nun als riesiges Totengerippe mit Sense und Stundenglas vor ihm. Es war der Tod in Person, der jetzt dem wüsten Kegler zurief:

„Du hast es so gewollt – eines lass dir aber gesagt sein, ich treffe neun, wo auch nur acht sind!"

Dann machte er seinen Schub und die acht Kegel stürzten um, und im gleichen Augenblick der frevelnde Kegelschieber als Neunter dazu – tot lag er nun zwischen den Kegeln auf der Bahn.

Dort wurde er auch am nächsten Morgen gefunden und erscheint seitdem jede Nacht auf der Kegelbahn des Stephansturmes und jammert und winselt und sucht nach dem neunten Kegel. Bis nicht alle neun Kegel gefallen sind, kann er keine Ruhe im Tod finden, und so mancher Besucher des Turmes macht für seine Erlösung einen Schub und betet ein Vaterunser für ihn.

Die Totenmette im Wiener Stephansdom

Es war schon spät in der Nacht und der Pfarrer von St. Stephan hatte einen anstrengenden, wenn auch schönen Tag hinter sich, denn es war die Christnacht. Der Pfarrer war dabei, die Predigten für die nächsten Festmessen vorzubereiten, und das waren sehr wichtige Messen, wo man die Formulierungen mit Bedacht wählen musste, denn an diesen Tagen konnte er das Wort an sehr viele Menschen in der Kirche richten. In der Stille der Nacht hörte er nun einen seltsamen Chorgesang, und der schien aus dem Dom zu kommen. Als er verwundert hinüberschaute, sah er auch ein schwaches Licht in der Kirche und das ließ ihm keine Ruhe. So stand er auf, zog seinen Mantel an und ging in die Kirche hinüber, die er erst vor wenigen Stunden verlassen hatte. Es waren schon viele Menschen in der Kirche versammelt, und wie er langsam durchs Kirchenschiff blickte, da erkannte er, dass alle nur mit Totenhemden bekleidet waren. Er schaute sich die Gesichter an und erkannte mit Schrecken, dass sich hier die Toten zur Messfeier versammelt hatten.

„Ja, wer wird denn hier wohl die Messe zelebrieren?", fragte er sich und erkannte in dem Priester sich selbst. Ein kalter Schauder durchfuhr ihn und er machte sich langsam daran, die Kirche wieder zu verlassen. Einige wenige erkannte er unter den Gläubigen, die noch nicht verstorben waren, und da schlug die Turmuhr ein Uhr und die unheimliche Menge, die eben noch da gewesen war, war mit einem Glockenschlag verschwunden. Im Dom war es still und ruhig, nur ein paar Weihrauchnebel hingen noch in der Luft. Der Pfarrer versperrte die Türen und ging tief erschüttert wieder in sein Büro hinüber, wo er die Pfarrchronik heraussuchte und alles fein säuberlich eintrug. Er beschrieb auch die bereits Verstorbenen und nannte jene Personen mit Namen, die noch zu den Lebenden gehörten. Im nächsten Jahr dann, es war das Jahr 1364, holte sich die Pest viele Opfer, und alle Lebenden, die der Pfarrer von St. Stephan bei der Totenmesse gesehen hatte, waren innerhalb eines Jahres verstorben.

Die Dienstbotenmuttergottes

Es ist schon an die dreihundert Jahre her, da lebte in Wien eine reiche Gräfin, die sich streng an die von der Kirche vorgeschriebenen Fasttage und Betstunden hielt. Doch das war auch schon alles, denn in ihrem Haus waltete sie so, wie es ihr passte, und nicht nach den christlichen Tugenden. So hatte sie unter ihren Dienstmädchen auch ein sehr armes Mädel vom Land aufgenommen, das weiter keine Verwandten oder Familie mehr hatte und daher besonders genügsam war.

An einem schönen Tag, die Dame überlegte gerade, welches Geschmeide sie heute anlegen sollte, da entdeckte sie, dass ihre Perlenkette nicht mehr in dem Schmuckkästchen lag. Diese Perlenkette war besonders lang, hatte eine kostbare Schließe und besaß daher einen großen Wert.

„Diebe, Diebe!", rief sie lautstark, „Ich bin in meinem eigenen Haus bestohlen worden!"

Das gesamte Hauspersonal kam sofort angelaufen und einer ihrer Knechte wurde ausgeschickt, den „Rumorleutnant" zur Untersuchung in ihr Haus zu bestellen. Der kam auch sofort mit und hörte sehr erstaunt, wie die Gräfin die junge Dienstmagd des Diebstahls beschuldigte. Diese kniete vor einer im neuen, schönen Stil geschnitzten Muttergottes nieder und rief:

„Hilf mir, Gebenedeite!"

„Da hilft jetzt auch kein Beten mehr, denn für Diebe hat die Muttergottes nichts übrig, das hast du dir schon selber zuzuschreiben, du Luder!", antwortete ihre Herrin spitz.

Von diesem Szenario ließ sich der „Rumorleutnant" aber nicht beeindrucken und verlangte nun alle Zimmer des Dienstpersonals und die Aufbewahrungsorte ihrer Habseligkeiten zu sehen. Im Koffer des Reitknechts, der in besonderer Gunst der Gräfin stand, wurde dann die gesuchte Perlenkette gefunden und durch die so offensichtliche Überführung legte dieser auch sogleich ein Geständnis ab.

„Da kniete die junge Magd wieder vor dem Muttergottesbild nieder und dankte ihr, dass sie zu ihr gehalten hatte, wie auch sie eine Dienstmagd Gottes sei."

Nun war die Gräfin recht böse über diesen Vorfall und wurde immer wieder daran erinnert, wenn sie das Muttergottesbild ansah, sodass sie es bald darauf der Stephanskirche schenkte. Die Geschichte um dieses Bild hatte sich aber bald in der gesamten Stadt verbreitet und man erzählte sich, dass die neu aufgestellte Madonna einen armen Dienstboten gegen seine böse Herrschaft geschützt hatte. So wurde diese Maria besonders von den gequälten Mägden um Hilfe gebeten.

In der frühen Barockzeit wurden dem Standbild „Unserer Lieben Frau", auch die „Dienstbotenmuttergottes" genannt, kostbare Kleider ganz im Sinn der neuen Mode angezogen. Besonders im 18. Jahrhundert und am 20. Mai wurde es von den Gläubigen verehrt; 1784 befahl Kaiser Joseph II., der Muttergottes die verhüllenden Kleider wieder abzunehmen. Da soll die Holzskulptur zu weinen begonnen und gerufen haben:

„Kleidet mich nicht aus!"

Das konnten viele Menschen bezeugen, und so wurde es dem Kaiser berichtet, der daraufhin die Anweisung gab:

„Wenn sich das so verhält, dann muss man ihr die Kleider lassen!"

Die Sage vom Jungferngässchen und dem Wiener Don Juan

In dem Haus am Peter, an der Ecke der Jungferngasse, wohnte am Anfang des 14. Jahrhunderts das hübsche Mädchen Frowiza. Frowiza war eine Magd und liebte das Leben und die Liebe. Ihr lockerer Lebenswandel war so manchem Bürger und Vater eines Sohnes ein Dorn im Auge. Die verschwendungssüchtige Schöne verstand es nämlich, die Männer zu „rupfen". Außerdem musste man um das Leben und die Gesundheit der Söhne fürchten, da sie einen derart häufigen Partnerwechsel hatte.

Ihr gegenüber wohnte der Stadtrat Stephan Knogler, der auch einen Sohn hatte, diesen aber durch seine Erziehung so geprägt hatte, dass er sich niemals mit so einem „leichten Mädchen" eingelassen hätte.

So glaubte es der Vater zumindest, denn in der Nacht, wenn alles im Haus schlief, kletterte der verliebte Sohn aus dem Fenster über die Schwibbögen, welche schon damals diese beiden Häuser verbanden, zur schönen und liebeshungrigen Frowiza hinüber und verbrachte die Nacht mit seiner schönen Nachbarin.

Lange hatte er es schon so getrieben, und als er wieder einmal über die Schwibbögen nach Hause balancierte, da wurde er von seinem Vater entdeckt, der nicht schlafen konnte und durchs Fenster den Vollmond betrachtete. Der ballte die Faust und rief seinem Sohn wüste Drohungen zu, worauf der Bursche erschrak und – da er zudem leicht betrunken war – das Gleichgewicht verlor und in die Gasse hinabstürzte.

Nach diesem Unglück wurde die ehemalige Gasse „Hinter Sankt Peters Friedhof" in „Das-leichtsinnige-Jungfrauen-Gässchen" umbenannt, und die Schwibbögen nennt man heute noch die „Junkerbrücken".

Doch Frowiza konnte selbst im Tod nicht von den Männern lassen. Es war in einer schönen Herbstnacht des Jahres 1356, als der Edelmann Conrad der Kirchberger zufällig auf den Kirchhof am St.-Peters-Friedhof kam. Der junge Mann entstammte einer der ältesten und wohlhabendsten Ritterfamilien Österreichs und war ein leichtsinniger und draufgängerischer Bursche. Obwohl er mit einer Tochter des Adels verlobt war, nahm er doch jede Liebschaft wahr, die sich ihm bot. Als er nun hier auf dem Friedhof stand, sah er den Totengräber bei der Arbeit und begann mit ihm ein Gespräch. Der Totengräber war gerade dabei, ein altes Grab zu öffnen, damit es Platz für ein neues gäbe, da zeigte er auf den Schädel des Gerippes in der Grube und erklärte, dass es jener der schönen Frowiza sei.

„Mei, wenn sie doch nur wieder zu Fleisch und Blut werden würde, dann würde uns beiden heute Nacht schon was einfallen, was wir miteinander tun könnten", sagte Conrad amüsiert, doch der Totengräber riet ihm, lieber vorsichtiger mit seinen Worten umzugehen.

Der Edelmann aber fing an zu lachen, nahm den Schädel und stellte ihn auf einen Grabstein gleich in seiner Nähe.

„Horch mein Mädel, wenn du kannst, so komme in einer Stunde zu mir nach Hause am Peilertor – ich würde dich gerne zum Abendessen einladen."

Auf dem Nachhauseweg kamen Conrad seine Worte nochmals in Erinnerung und er bereute seine Art, alles ins Lächerliche zu ziehen. Er war über sich selber verärgert und grübelte noch immer darüber nach. Daheim angelangt, besuchte ihn noch seine Verlobte unerwartet, was ihm natürlich sehr recht war, denn so musste er nicht alleine zu Abend essen und er kam auf andere Gedanken. Mittlerweile stürmte und regnete es draußen, und da kam auch schon der nächste Besuch. Es war der Pfarrer von St. Peter, der väterliche Freund und ehemalige Erzieher Conrads, der wegen des Unwetters froh war, eintreten zu dürfen. Nun war es allerdings um die gute Laune seiner Braut geschehen, denn aus dem romantischen Abend zu zweit war nun nichts geworden.

Während des Essens erzählte Conrad von seinen unmoralischen Worten auf dem Friedhof und von der Einladung an die Tote. Da erklärte ihm der Pfarrer:

„Nur Gott kann Tote auferwecken. Der Böse haucht ihnen wohl manchmal für eine kurze Zeit ein Scheinleben ein, das aber durch ein Wort des Herrn in Nichts zerfällt. Wenn hier jetzt die Frowiza mit uns am Tisch sitzen würde, dann würde ich ganz einfach ein Glas Wasser nehmen, da Wasser das Sinnbild der Reinheit und damit der Allerheiligsten Jungfrau ist. Und ganz so, wie ich es jetzt tue, würde ich darüber das Kreuzzeichen machen und diesen Segen darüber sprechen: Bei Gottes Gnade beschwöre ich dich, zeige das Unreine in seiner wahren Gestalt!“

Und mit einer blitzschnellen Handbewegung schüttete er das Wasser der Verlobten ins Gesicht – die aber fiel auf die Knie und neigte betend den Kopf. Dann jedoch begann sie wie am Spieß zu schreien, ihr Gesicht verzerrte sich und wurde allmählich zur einer scheußlichen Totenfratze.

„Da hast du aber Glück gehabt, mein Don Juan“, sprach sie gepresst aus ihrem grässlichen Rachen, „wenn der Pfarrer nicht gekommen wäre, dann hätte ich mit dir in dieser Nacht in der Hölle zu Abend gegessen!“ Daraufhin verschwand sie in einer grünlichen Flamme.

„Mein lieber Conrad“, sagte der Pfarrer zu dem schreckensbleichen Frauenheld, „deine Mutter ist mir im Traum erschienen und hat mich gebeten, schnellstens zu dir zu eilen, weil du in Lebensgefahr seist. Nur aus diesem Grund habe ich zu dieser späten Zeit noch bei dir vorbeigeschaut!“

Conrad war tief erschüttert und versprach, in Zukunft über seine Worte nachzudenken, bevor er sie aussprach. Auch gelobte er, seiner wahren Braut von nun an immer treu zu sein. Und das hielt er auch ein und führte eine musterhafte, glückliche Ehe. Das Stammhaus der Kirchberger steht heute noch in der Bognergasse und wird von den Einheimischen „Zum Totenkopf“ genannt.

Vom Gottesraub

In der Minoritenkirche ereignete sich bald nach deren Erbauung ein Hostienfrevel, der in der Klosterchronik von A. R. P. Matthäus ausführlich beschrieben ist. Ein Bäcker soll nach sieben Jahren, in denen er keine Kommunion empfangen hatte, wieder das Abendmahl entgegengenommen haben, doch ging er an diesem Tag gleich siebenmal zur Messe und empfing daher an einem Tag siebenmal die geweihte Hostie. In der Minoritenkirche besuchte er noch die Abendmesse und verstarb dann an Ort und Stelle. Die Brüder begruben ihn dann an diesem Ort, und zwar im Kreuzgang bei der Klosterpforte. Der Teufel kam noch in der gleichen Nacht und riss im Beisein des Mesners, welcher das Grab öffnen musste, den Leichnam heraus. Mit einer verächtlichen Handbewegung schmetterte er den leblosen Körper an die Mauer, worauf aus dem Mund des toten Bäckers die sieben Hostien herausfielen. Dann packte er den Leichnam des Bäckers und sprang mit voller Wucht mit ihm durch die Mauer. Dadurch entstand ein Loch in der Mauer des Kreuzganges, und immer, wenn es am Tag zugemauert wurde, waren die eingesetzten Steine am nächsten Morgen wieder herausgeworfen. So nahm man schließlich das „Teufelsloch“ so hin und fertigte dazu ein erklärendes Fresko mit Inschrift an. Laut dieser Inschrift passierte der Hostienfrevel im Jahr 1348.

Wenige wissen nur, dass es noch ein zweites Teufelsloch gab, obwohl dazu ebenfalls eine Abbildung mit erklärendem Text existierte. Die andere Lücke befand sich gleich gegenüber und ging durch die Mauer in die Kirche hinein. Oberhalb der Kirchentür, bei dem Grabmal des Herrn Balthasar Hauser, gab es ebenfalls eine Abbildung mit Inschrift, die dieses zweite Teufelsloch bezeugte.

Erst als das Kloster unter Kaiser Josef II. geschlossen wurde, konnten auch die Teufelslöcher in den Mauern geschlossen werden.

In der Schottenkirche soll sich im Jahr 1538 ein Zimmermann an dem Allerheiligsten Sakrament vergangen haben. Er ließ sich am Abend in der Kirche einschließen und brach dann in der Nacht das „Sakramenthäuschen“, den Tabernakel, auf. Er riss mit seiner Hand sämtliche Oblaten heraus und trat sie mit Füßen. Einige legte er sich zwischen die Zähne und zerbiss sie und wieder andere steckte er sich in den „Hosensäckel“, mit denen wollte er noch größeren Frevel treiben.

Nun bemerkte der gottlose Mensch, dass sein Hemd irgendwie nass war, und als er an sich hinunterschaute, sah er, dass er über und über mit Blut bespritzt war. Auch an seinen Hosentaschen sah man deutlich nasse Blutflecke. Das kam von den gebrochenen heiligen Oblaten und als am nächsten Morgen die Kirche geöffnet wurde, sah man gleich, was passiert war. Die Reste der Oblaten wurden peinlichst genau eingesammelt und ehrfurchtsvoll an einem besonderen Platz verwahrt. Der Gottesdieb bekehrte sich zwar, wurde aber wegen des Kirchenraubes öffentlich geköpft.

Das Alraundl

Das „Alraundl“ ist eine harte Pflanzenwurzel, besonders die der Mandragora (mandragora vernalis), und höchstens 30 Zentimeter lang – wenn nicht sogar nur die Hälfte davon. In der Regel gehörte sie einem berühmten Zauberer oder einer Zauberin, die damit das Glück oder Unglück eines Menschen in den Händen hielten.

Früher wurden die Hexen in Wien Alraunen genannt, und so eine hielt sich 1498 und 1499 mit zwei Genossen in Dürnkrut auf. So sehr sich das Wiener Gericht auch bemühte sie zu fassen, sie entkam jedes Mal.

Auf dem Rabenstein, dem Galgenplatz in der Rossau, wurde der Jakob Gotscher Anfang des 18. Jahrhunderts gegeißelt, weil er ein Alraundl gekauft hatte, das er für die unterschiedlichsten Sachen gebrauchen wollte.

Die Alraunen mussten wie kleine Kinder behandelt werden, ja, man musste ihnen zu jeder Mahlzeit zu essen und zu trinken geben, weil sie sonst wie Säuglinge, die Hunger oder Durst haben, schrien.

Sie wurden auch „Galgenmännlein“ genannt, weil die Alraunen nach der Meinung des Volkes aus dem letzten Harn- oder Spermatropfen eines unschuldig Gehenkten hervorwuchsen. Wer aber glaubte, diese Alraunwurzel einfach aus der Erde ziehen zu können, der irrte sich gewaltig, denn die Alraunen stießen dabei ein wahnsinniges Geschrei aus, an dessen Folgen der Herausreißende sterben musste. Deshalb musste man sich die Ohren mit Wachs verstopfen und die Pflanze am Schwanz eines schwarzen Hundes befestigen, der dann die Wurzel mit einem Ruck ans Tageslicht beförderte. Gleich danach musste die Wurzel mit rotem Wein gewaschen, anschließend in weißen und roten Stoff gewickelt und in ein Kästchen gelegt werden. Von nun an sollte sie jeden Freitag gebadet und bei jedem Neumond mit einem weißen Hemdchen versehen werden.

Die Tracht der Alraun-Männchen bestand aus einem einfachen Leinengewand mit Metallgürtel, den ein rotes Mieder zusammenhielt. So pflegen die Zigeuner sie nach uralten Überlieferungen immer noch anzuziehen.

Wenn man diese Anweisungen genau befolgte, dann schützten die Alraunen ihre Besitzer vor jeder Gefahr. Besonders geschätzt wurden sie früher aber als das kräftigste Arzneimittel. Man badete sie in Wasser, und das bekam dadurch eine solche Heilkraft, dass es alle Krankheiten bei Menschen und Tieren kurierte.

Interessant ist auch, dass die Jungfrau von Orleans immer siegreich im Kampf gegen die Engländer hervorging, weil sie angeblich eine Alraunwurzel bei sich trug.

Selbst Kaiser Rudolph II. soll Alraunen besessen haben. So hatte ein Vorsteher der kaiserlichen Bibliothek, der nie ein besagtes Zimmer betreten durfte, in Erfahrung gebracht, dass dort bei den Manuskripten und anderen seltenen Utensilien auch Alraunen verwahrt wurden. Es waren genau zwei Stück, ein Männchen und ein Weiblein. Sie waren in der Kaiserfarbe – in rotem Scharlach – gekleidet und in etwa wie ordentliche Totenladen, nach ihrer Größe liegend, gebettet. Rudolph II. soll sie benutzt haben, um künftige Dinge zu erforschen und er kümmerte sich um sie wie um kleine Kinder, badete und fütterte sie.

Auch in die Zukunft schauen konnten die Erdmännchen und verkündeten diese ihren Besitzern entweder durch eine Bewegung des Kopfes oder auf eine andere verständliche Weise. Wer ein solches Wesen bei sich trug, dem war jeder Richter gewogen, auch wenn er bisher noch so sehr gegen ihn eingenommen war. Auch brachte die Wurzel dem Besitzer Glück und ließ ihn nie verarmen; denn ein Stück Gold, das man dem Galgenmännlein nachts hinlegte, war am nächsten Morgen verdoppelt. Wollte man seine Dienste noch lange genießen und sichergehen, dass es nicht absterbe, so durfte man es aber nicht zu sehr anstrengen und ihm jede Nacht nicht mehr als einen halben Taler zulegen.

Zur unglücklichen Witwe

Ein mächtiger Ritter namens Hadmar von Hornsberg lebte auf seiner Burg Hademar in Niederösterreich. Er war verwandt und befreundet mit dem höchsten Adel des Herzogtums, der seine Güter in den Vierteln um den Mannhartsberg hatte. Sein Vergnügen fand er nur in der wildesten Lebensweise. Gelage, Jagden, Streitigkeiten mit Nachbarn – sie wechselten einander ab; einer seiner meisterlichen Streiche machte jedoch diesem Treiben für immer ein Ende.

In seiner Nachbarschaft wohnte Ritter Theobald der Asperger, der zwar ohne Vermögen, dafür aber mit einer schönen jungen Ehefrau gesegnet war. Auf die schöne Irmengard nun richtete Hadmar sein Augenmerk. Vergebens warb er um ihre Gunst. Irgendwann, nachdem alles nichts geholfen hatte, da drohte er ihr, sie müsse sein werden, was es auch koste. Er forderte den armen Nachbarn zum Duell, besiegte ihn und machte ihn zu seinem Gefangenen. Sodann forderte er von ihm ein Lösegeld von 10.000 Silberkronen oder er würde sein Leben verlieren.

Der arme Ritter schickte nun einen Boten mit dieser Nachricht zu seiner Frau, doch woher hätte sie das Geld nehmen sollen? So machte sie sich mit ihrer kleinen Dienerschaft auf den Weg zur Burg des Schändlichen und bat um Erlass der Schulden für ihren Mann.

Nichts half, er gab ihr acht Tage Frist zur Einbringung der Summe.

Irmengard ritt heim, verkaufte all ihr Hab und Gut, konnte aber nicht mehr als die Hälfte aufbringen. Als sie damit wiederkam, wies Hadmar sie hohnlachend zurück, indem er sagte:

„Nein, nein, wenn du einen ganzen Mann zurück haben willst, dann musst du die ganze Summe aufbringen, sonst aber bekommst du einen halben Mann zurück!“, und griff sich dabei grinsend in den Schritt.

Da trat ein Knappe herein und wisperte dem Ritter einige Worte ins Ohr. Ein freudiges Erstaunen malte sich vom einen auf den anderen Augenblick auf sein Gesicht. Dann wandte er sich ruhig zu Irmengard und sagte:

„Nun, ich will nicht so hart zu dir sein. Du kannst dir das restliche Geld für deinen Gatten auch bei mir in dieser Nacht abarbeiten. Es liegt ganz bei dir, ob du deinen Mann wiederhaben willst oder ob du dir für die eine Nacht mit mir zu gut bist!“

Die Unglückliche sträubte sich lange, bis sie schließlich in den erniedrigenden Handel einwilligte, um ihren Mann zu retten.

Nach einer grauenhaften Nacht, in der sie viele „Liebesdienste“ leisten musste, forderte sie gleich in der Früh die Auslieferung ihres Ehemannes. Die Wärter gingen und brachten ihr den geliebten Mann, aber als Leiche.

Ritter Asperg war am Tage vorher im Verlies an seinen Wunden gestorben und dies war die Nachricht gewesen, welche der Knappe seinem Herrn so heimlich zugeflüstert hatte.

Selber dem Tode nahe, stürzte sich die arme, getäuschte Frau auf den geliebten Gatten. Als ihre Dienerschaft sie von dem Toten aufhob und sie wieder auf eigenen Füßen stehen konnte, schnitt sie sich als Andenken eine Haarlocke ab und schwor über seiner Leiche, diesen Frevel zu rächen.

Sie eilte noch am gleichen Tag nach Wien zu Herzog Albrecht, kniete vor ihm nieder und erzählte alles über den grausamen Ritter Hadmar von Hornsberg. Der Herzog beruhigte sie, versprach Gerechtigkeit und ließ durch Boten den Übeltäter an seinen Hof rufen.

Dieser ahnte wohl nichts Gutes, doch konnte er freilich nicht ausbleiben und erschien, mit aller Frechheit gewappnet.

Herzog Albrecht saß persönlich zu Gericht. Er hatte seine Räte versammelt, und auf seinen ausdrücklichen Wunsch mussten neben dem Bürgermeister und dem Stadtrichter von Wien auch einige Stadträte dieser Sitzung beiwohnen, denn der Herzog wollte heute zu Ehren der treuen Wiener Bürger Recht sprechen.

In dieser Versammlung war es nicht leicht zu richten. Der Angeklagte stellte seine Handlung als unschuldige List dar. Er gab zu bedenken, dass er ja den Ritter in einem ehrlichen Duell überwunden und nicht getötet habe. Man könne ihm höchstens vorwerfen, dass er die Todesnachricht unterlassen und das Trauerjahr nicht berücksichtigt habe. Die Räte stritten untereinander für und dagegen, konnten sich aber auch nicht einigen. Die Wiener Bürger, vom Herzog über ihre Ansicht zur Sache befragt, wollten dem strengen Gebieter nicht vorgreifen und zuckten die Achseln.

Da erhob sich der Herzog und sagte:

„Der Frau muss die Ehre wiedergegeben werden. Der Angeklagte muss sie ehelichen."

Ritter Hadmar lachte hell auf, denn er hatte nicht gehofft, so gut davonzukommen. Freudetrunken über diese angenehme Strafe, willigte er sofort ein. Vor den Augen des Herzogs wurde der Ehevertrag aufgesetzt, den Albrecht und alle Anwesenden als Zeugen unterfertigten, und in welchem der Ritter Hadmar von Hornsberg der edlen Frau Irmengard von Asperg sein gesamtes Vermögen als Witwengut vermachen musste. Die Vermählung wurde auf denselben Abend festgesetzt.

Die Trauung geschah in der Stephanskirche, bei Kerzenschein und glänzendem Kirchenschmuck. Die Personen, welche der Gerichtssitzung beigewohnt hatten, mussten auch bei der Hochzeit zugegen sein. Ein Grauen ergriff alle, als sie neben dem Brautpaar einen leeren Sarg erblickten.

Nachdem die beiden vor Gott geheiratet hatten, trat der Herzog mit allen Anwesenden auf den Kirchhof von St. Stephan hinaus und sprach:

„Meine lieben, getreuen Wiener! Ihr habt mich oft streng und unbeugsam gegen euch genannt und mir lange dafür gegrollt. Ihr habt die Nachsicht getadelt, mit der ich manches Walten meiner Räte ohne Tadel zugelassen habe, doch das tat ich nicht ohne Grund. Heute möchte ich euch gerecht sein und gern beweisen, wie wir urteilen mögen über wahren, unverzeihlich großen Frevel. Ritter Hadmar soll euch als Beispiel dienen."

Herzog Albrecht winkte und es trat – der Henker hervor.

Der Ritter hatte schon ein schlechtes Gefühl im Magen gehabt, als er den Sarg in der Kirche sah, und ein schlimmes Ende befürchtet. Nun wurde er aschfahl und sank dem Herzog zu Füßen, alle mögliche Sühne gelobend. Die Räte und die Wiener Bürger – wenn sie auch des Herzogs Gerechtigkeit zu Gunsten der unterdrückten Tugend hoch priesen – waren auf der Seite von Hadmar.

Herzog Albrecht gewährte dennoch keine Gnade. Der Henker verrichtete vor aller Augen seine Arbeit und das Haupt des verbrecherischen Lüstlings fiel in den Sand.

Frau Irmengard erbte das gesamte Habe und genoss von nun an stets den herzöglichen Schutz. Sie machte sich in Wien ansässig, lebte in ihrem Haus in der damaligen Hochstraße 59, heute Herrengasse 19, und heiratete später den Fürsten Batthyany.

Das Volk, welches innige Teilnahme an ihrem Schicksal genommen hatte, gab ihrem Haus den Namen „Zur unglücklichen Witwe“, und so wurde es noch einige Jahrhunderte danach genannt.

Der Hecktaler

Viel ist nicht bekannt über den Hecktaler, man weiß eigentlich nur, dass ein solches Geldstück immer wieder in die Börse seines Herrn zurückkehrt und dass diesem daher niemals das Geld ausgeht.

Ein Wiener wusste jedoch mehr und wollte all diese Dinge tun, um zu so einer Glücksmünze zu kommen. Er hörte davon, dass man dreimal um den Stephansdom laufen müsse, noch ehe der Glockenturm die volle Mitternachtsstunde geschlagen hätte. Das wollte dieser junge Mann, der so überhaupt kein gutes Händchen für Geld besaß, tun. Sogar sein Erbe hatte er schon verprasst und stand kurz davor, betteln zu müssen. Er befand sich nun kurz vor Mitternacht startbereit vor dem Stephansdom und wartete auf den ersten der zwölf Glockenschläge, der sein Startzeichen war. Dann spurtete er los und sprang über die Grabhügel, um seinen Weg zu verkürzen, und nichts konnte ihn aufhalten. Sein Vater erschien aus dem Grab und zeigte ihm drohend die Faust, seine frühere Geliebte, die er sitzengelassen hatte und die aus Gram darüber verstorben war, sah er nur wenig entfernt aus ihrem Grab ihm zuwinken, aber er rannte weiter, so schnell es nur ging. Als er den „Totenherrgott“ erreichte, da kam der kleine Arm eines Kindes aus dem Grabhügel hervor, packte ihn an der Hose und hielt ihn so fest, dass er nicht mehr weiterkonnte. Es war das Kind von ihm und seiner früheren Geliebten. Vergeblich versuchte er sich loszureißen, da schlug es zwölf Uhr nachts, die Zeit war um und der Rohling stürzte tot in das Grab seines Kindes hinein.

Der Teufel im Spiegel

In Wien lebte ein junges, schönes Mädchen, das in jeder freien Minute sein Spiegelbild betrachtete. Nicht nur, dass es sich stundenlang vor dem Spiegel frisierte und schminkte, nein, es bewunderte sich auch selbst, wo immer es sich nur spiegeln konnte, wie in blank geputzten Türen und Fenstern, auf Wasseroberflächen, sogar im Silberbesteck. Das Schönste war für die junge Frau natürlich, wenn sie mit ihrem Aussehen das männliche Geschlecht beeindrucken konnte, und ein Hochgefühl des Glücks durchströmte sie, wenn sie ihr Spiegelbild in den Augen schöner Männer wiederfand. Oft hatte sie als Kind zu hören bekommen, dass Eitelkeit und Hochmut vom Teufel persönlich genährt werden und dass diese Eigenschaften zu den sieben Lastern gehören. Aber was sollte sie tun, es gab für sie eben nichts Schöneres, als sich mit dem eigenen Abbild vor dem Spiegel zu beschäftigen. Nachdem sie wieder einmal mit einem jungen Mann am Abend aus gewesen und dabei viel zu freizügig bekleidet gewesen war, lag sie am nächsten Tag krank im Bett. Ihre Krankheit wurde jedoch nicht besser, und erst als sie versprach, ihr Leben komplett umzukrempeln und nicht mehr nur an ihr Aussehen und wie sie damit den Männern den Kopf verdrehen konnte zu denken, wurde sie rasch wieder gesund. Doch kaum war sie wieder auf der Höhe, da saß sie auch schon wieder vor dem Spiegel und erprobte neue Frisuren, schminkte sich stundenlang und studierte raffinierte Posen ein. Da sah sie plötzlich hinter sich im Spiegel eine schwarze Gestalt, die packte sie am Kopf und riss sie zu sich herum, sodass das Gesicht zum Buckel schaute. Das war der Böse gewesen, und ihr Gesicht war nun schwarz wie Kohle. Die hübsche junge Frau musste den Tod des Sünders sterben, das war im Jahr 1510.

Das Donauweibchen

Vor vielen hundert Jahren, als Wien noch nicht die Ausmaße einer Großstadt hatte, lebten einfache Fischersleute am Ufer der wilden Donau. Zu dieser Zeit gab es weder den Donaukanal noch die „Alte Donau“, und die Gebiete wurden oft in der Hochwasserzeit überschwemmt. Es war kein leichtes Leben, das die Fischer hier führten, das einzig Positive daran war, dass sie keinen weiten Arbeitsweg hatten und auch keinen weiten Weg, um ihren Fang zu vermarkten. Die meiste Zeit verbrachten die Fischer sowieso auf ihren Booten. Im Winter aber ging es den Fischern mit ihren Familien nicht so gut und sie mussten von den wenigen Ersparnissen des Sommers leben. So ging es auch einem alten Fischer, der mit seinem Sohn in einer Hütte an der Donau lebte – die einen sagen, es war im 3. Gemeindebezirk Landstraße, die anderen wissen zu erzählen, dass es in der Brigittenau war. Als Vater und Sohn an einem Winterabend in ihrer zugigen Fischerhütte am Holzfeuer saßen und ihre Netze ausbesserten, da erzählte der Alte von den Donauweibchen. Diese reizenden Wesen sind die Töchter des Wassermanns, der seinen Palast aus grünem Glas auf dem Grund der Donau hat und dort mit seiner Frau und seinen Töchtern lebt. Die Seelen der Ertrunkenen verwahren sie unter umgestülpten Töpfen und lassen sie nicht heraus. Der Wassermann nimmt in manchen Mondnächten die Gestalt eines Jägers an und geht an Land spazieren. Wer es aber wagt ihn anzusprechen, den packt er am Genick und zieht ihn in die Tiefe der reißenden Donau hinab.

Auch mit seinen Töchtern, den zierlichen Donaunixen, ist er grausam streng. Nur mit List gelingt es ihnen, heimlich den Wasserpalast zu verlassen und die Tanzveranstaltungen der Menschen zu besuchen. Denn nichts lieben sie mehr als Gesang und Tanz, und mancher Mann hat schon den Verstand verloren bei dem Gesang einer Donaunixe, ist ihr bis ins Wasser nachgestiegen und nicht mehr heimgekommen. Wenn die Donaumädchen sich unter die Tanzenden geschlichen haben, dann kann man sie kaum von den übrigen Mädchen unterscheiden. Einzig ihr Kleidersaum verrät ihre wahre Herkunft, denn der bleibt immer nass. Beim ersten Hahnenschrei müssen sie wieder im väterlichen Palast sein, und wenn eine vom Wassermann erwischt wird, erhält sie grausame Schläge von ihrem Vater. Ja, schon manches Mal kannte seine Gewalt keine Grenzen und er hat die Ausreißerin auf der Stelle totgeschlagen. Am nächsten Tag ist dann das Wasser der Donau blutig rot.

„Nun habe ich doch selber schon so viele Nächte auf der Donau zugebracht, aber den Donaufürsten oder eine seiner Töchter habe ich noch nie zu Gesicht bekommen", gab der junge Fischer seinem Vater lachend zur Antwort.

Er hatte noch nicht ganz fertiggesprochen, da wurde es seltsam hell in der Hütte und ein schlankes Mädchen von überirdischer Schönheit stand vor ihnen. Ein langes, weiß schimmerndes Kleid umspielte ihren makellosen Körper, in ihren schwarzen, offenen Haaren trug sie weiße Wasserlilien.

Vor Schreck waren Vater und Sohn von ihren Stühlen aufgesprungen, die nach hinten fielen, und schauten das wunderschöne Mädchen sprachlos an.

„Ich bin im Guten gekommen und will euch warnen, habt also keine Angst vor mir. Mit dem hereinbrechenden Tauwetter wird es in diesem Jahr zu großen Überflutungen kommen. Wenn ihr meinen Worten nicht folgt und aus diesem Gebiet nicht wegzieht, dann werdet ihr alle darin umkommen“, sprach es und war auch schon wieder verschwunden.

Die Fischer hatten nicht viele Habseligkeiten zum Mitnehmen, und so machten sie sich gleich auf, um die Nachbarn zu warnen. Ein eisiger Wind schlug ihnen entgegen und die einsetzenden Sturmböen machten ihnen den Weg nicht gerade leichter, doch konnten sie alle der hier wohnenden Fischerfamilien warnen. Auf ihrem Weg sagte nun der alte Vater zu seinem Sohn:

„Jetzt hast du sie mit eigenen Augen gesehen. Immer wenn uns anständigen Fischern Gefahr vom Wasser droht, kommen die Donaumädchen und warnen uns.“

Sein Sohn aber antwortete nicht, sondern war mit einem eigenartigen Lächeln im Gesicht gedanklich ganz woanders. Auch in den nächsten Tagen und Wochen war der Sohn nicht mehr wiederzuerkennen und schien am Leben nicht mehr richtig teilzunehmen, weil er immer nur mit dem gleichen Grinsen im Gesicht durch die Welt lief. Als dann die Überschwemmungen vorbei waren und die Fischer mit den Aufräumarbeiten beginnen konnten, da wurde es wieder besser mit dem jungen Fischer, und der Vater versuchte ihn in Gespräche zu verwickeln, die ihn auf andere Gedanken bringen sollten.

Eines Tages aber kam der junge Fischer von seiner Fahrt auf die Donau nicht mehr zurück. Als dann sein leerer Kahn einige Zeit später am Ufer treibend gefunden wurde, da wusste der alte Mann, dass das Donauweibchen seinen Sohn betört und zu sich geholt hatte, und er weinte bitterlich.

Der Klagbaum und die Wehklag

In den Gemeinden des 4. Bezirks, dem heutigen Wieden, wurde früher viel von der Wehklag und dem Klagbaum erzählt. „Das Siechenhaus zum Klagbaum“ wurde 1267 vom Pfarrer Gerhard gegründet; daneben stand eine Linde, die von den Einwohnern als „Klagbaum“ bezeichnet wurde. Dort war es so unheimlich, dass sich in der Dunkelheit schließlich niemand mehr vorbeizugehen traute.

So suchten die Einwohner einen Richter auf und brachten ihm das Anliegen vor, dass etwas unternommen werden müsse, und der begleitete die Menschen zum Pfarrer, denn dieser sollte die Geister aus dem Baum verbannen.

Gegen Abend nun hatte sich die ganze Gemeinde an der Kirche versammelt, während ein Wächter an der Linde aufgestellt wurde, um zu melden, wann das Klagen wieder anfing. Nun wollte der Pfarrer mit den Gläubigen betend zur Linde ziehen, aber viele von ihnen liefen vor Angst in ihre Häuser. Richter und Räte sowie einige Gläubige ließen ihn aber dennoch nicht im Stich, und mit Kreuz und Weihwedel kamen sie an dem merkwürdigen Baum an. Als sie dort eintrafen, konnte jeder die wimmernden Töne aus dem Baum hören, und alle waren sich darüber im Klaren, dass das nur die Laute einer armen Seele sein konnten.

Als sie nahe genug am Baum waren, da fiel plötzlich ein Mondstrahl durch den Wolkenhimmel und der Pfarrer konnte eine Schattengestalt sehen, die unter dem Baum hin- und herwankte. Sofort hielt der Geistliche das Kreuz in die Höhe, versprengte Weihwasser und begann mit seiner Beschwörung. Nun verstummte die Klage – aber was war das? Eine dunkle Gestalt war neben dem Geisterbanner zu sehen, sie schien ihn zu fassen und verschwand mit ihm hinter der Kapelle.

Die Zeit verging, aber der Pfarrer kehrte nicht wieder, und die Zurückgebliebenen gingen nach langem Warten heim. „Jetzt hat der Geist den Pfarrer geholt“, dachten sie bei sich.

Am nächsten Morgen war es aber wieder ihr Pfarrer, der die Frühmesse hielt, und er berichtete, dass nicht ein Gespenst in der Linde gewesen war, sondern ein Ritter und Sänger, der unter dem Baum saß und Klagelieder über die vielen Krankheiten sang. Das glaubte ihm natürlich niemand und man erzählte sich, dass der Pfarrer wohl eher im Bund mit dem Geist stand.

Andere erzählen sich etwas ganz anderes von dieser Linde. Hierher soll in jedem Sommer eine Mutter mit ihrer Tochter gekommen sein, um Blumen zu pflücken, aus denen sie dann Kränze flochten. Im Winter aber, da klagte das Kind um die schönen Blumen, die jetzt nicht mehr da waren, selbst die Linde stand kahl und tot da. Bald darauf wurde das Mädchen schwer krank und hatte hohes Fieber, das nicht vergehen wollte. Das Mädchen rief oft:

„Mutter, Mutter, schau die schönen Blumen, ach gib sie mir doch!“

Das kleine Mädchen starb und die Mutter hatte von jetzt an keine gute Minute mehr. Sie fand in nichts und niemandem Trost und konnte immer nur um ihr verlorenes Kind trauern. Als dann der Frühling kam, da ging sie, wie sie es so oft mit ihrer Tochter getan hatte, zur Linde und zu den schönen Blumenwiesen und sie wusste selber nicht wieso, aber sie rief laut ihr Kind beim Namen. Sie setzte sich nun unter der Linde nieder, blieb dort und wollte gar nicht mehr aufstehen. In der Nacht kam plötzlich ein strahlendes Mädchen auf sie zu und sagte:

„Mutter, Mutter, weine doch nicht, ich habe meine Blumen wieder. Am schönsten blühen sie auf der Himmelswiese oben. Komm doch, liebe Mutti, die Blumen warten auf uns!“

Am nächsten Morgen fand man die Leiche der Mutter unter der Linde, die von nun an nur mehr „Klagbaum“ genannt wurde, weil die Mutter hier so sehr um ihr Kind geklagt hatte.

Die „Wehklag“ war ein dämonisches Wesen, das durch sein Auftauchen die Menschen vor Unglück oder vor gefährlichen Orten, wie vor Sümpfen, warnte. Auch wurde sie als rollende Kugel, am Boden hinkollernd und herzzerreißende Wehrufe von sich gebend, beschrieben. Sie kündigte auch die bevorstehenden Sterbefälle in Wien an und konnte sich so groß machen, dass sie zum Fenster hineinschaute und dabei dreimal heulte. Wo das passierte, da starb gewiss jemand.

Wenn das auf der Gasse gehört wurde, so wagte es niemand mehr, zum Fenster hinauszuschauen, weil es einem sonst auch passieren konnte, dass einem der Kopf so dick anschwoll, dass er dann nicht mehr durchs Fenster passte.

Im „Oberen Werd“, der Rossau im heutigen Alsergrund, wurde jedoch unter der „Wehklage“ lange etwas anderes verstanden. Hier lebte eine Geburtshelferin, die besonders „süß“ zu jedem tat. In Wahrheit ging es ihr aber nur ums eigene Wohl und Geld. So ging sie bald den Bund mit dem Teufel ein und bekam so viel Geld, wie sie wollte. Doch sie musste dafür versuchen, möglichst viele Nottaufen vorzunehmen und die schwachen Kinder schnell dem Teufel verschreiben. Es blieb bei den Menschen natürlich nicht unbemerkt, dass die „Wehmutter“ plötzlich im Wohlstand lebte, auch war es allen nicht so ganz geheuer, dass sie unbedingt die Kinder taufen wollte. Ja, es schien bald so, als wenn die von ihr getauften Kinder besonders schnell starben oder einen körperlichen Fehler behielten. Die Säuglinge bekamen ein ungesundes, fast unheimliches Aussehen, sie welkten dahin und schienen noch im Tod verstört – sie sahen fast grauenhaft und verwildert aus.

In der Nacht aber sah man in ihrem Haus immer blaue Flammen durch das Haus fahren und ein dumpfes Geheul, wie von einem Höllenhund, war zu hören.

Keine der Frauen wollte gerne die Hilfe der Hebamme in Anspruch nehmen, doch kam sie ungerufen immer genau dann, wenn man sie brauchte, und die Gebärenden trauten sich nicht sie wegzuschicken.

Nun kam sie eines Tages auch zur Frau eines braven Zimmermannes, die sehr ängstlich wurde, als sie die ungebetene Geburtshelferin sah. Und in den Wehen liegend betete die Mutter inständig zur Muttergottes, dass sie ihr Kind behüten möge. Auch dieses Mal rief die Wehmutter, sie müsse schnell eine Nottaufe vornehmen, denn das Kind würde die Geburt wahrscheinlich nicht überstehen. Sie nahm einen Tropfen Wasser und wollte gerade ihre Finger ansetzen, da hob das Kind seine Händchen vors Gesicht und sprach mit deutlicher Stimme zur Wehmutter:

„Vater unser, der du bist im Himmel, erlöse uns von dem Übel! Ich aber will nicht getauft sein nach deiner Weise: Im Namen des Teufels, der Hölle und zum ewigen Verderben!“

Die Mutter im Wochenbett gab einen schwachen Schrei des Erstaunens von sich, der Vater riss der Wehmutter schnell das Kind aus den Händen, diese aber lief schnell heulend zur Tür hinaus. Entsetzlicher Lärm brauste nun um die Hütte, Schwefeldampf erfüllte die

Luft, und am Morgen darauf sah man den Hof der Hebamme bis auf den Grund von Flammen verzehrt.

Im Oberen Werd zu Wien begegneten seitdem Spätheimkehrer von Zeit zu Zeit einer kleinen, gekrümmten, schwarz gekleideten weiblichen Gestalt, welche langsam durch die Gassen wandelte, bei einzelnen Häusern einen Augenblick anhielt, kläglich stöhnte und dann wieder ihren Weg fortsetzte. Niemand kannte sie, aber allen erschien sie unheimlich. Man sah sie bald vor sich, bald hinter sich, auch wenn man sie eben noch in der entgegengesetzten Richtung zu sehen geglaubt hatte. „Das ist die alte Wehmutter", wurde gemunkelt, „welche von den Geistern angefallen wird, die sie in der Nottaufe dem Teufel auslieferte." Sie kamen aus den Häusern, wo sie einst den Frevel begangen hatte, auf sie zugestürzt. Mehr wusste man aber nicht darüber und man nannte diese Spukgestalt nur allgemein „die Wehklage".

Die österreichische Judith

In der zweiten Hälfte des 14. Jahrhunderts versetzte ein gefürchteter Räuber ganz Wien in Schrecken. Hanns Aufschring hieß er mit amtlichem Namen, von der Bevölkerung wurde er der „Waldteufel" genannt. Er trieb sein Unwesen in den an Wien angrenzenden Wäldern, er mordete und legte Feuer in der ganzen Umgebung.

Er war dazu unglaublich stark, er konnte mit seinem eisernen, zwei Klafter langen Spieß drei bis vier Männer auf einmal durchbohren. So trug er dann seinen Spieß eine Weile herum und verspottete zum Spaß für seine Räubergesellen die Getöteten als Feldhühner. Wenn er genug von diesen Späßen hatte, warf er alles auf den Boden und rief: „Futter für die Raben!"

Er trug seinen Beinamen „Waldteufel“ also nicht zu Unrecht und ein hoher Preis war auf seinen Kopf ausgesetzt worden.

Es war im Herbst 1370, als ein 18-jähriges, hübsches Mädchen den Entschluss fasste, dieses Ungeheuer zu fangen. Elsbeth, die Tochter des Küfermeisters, verließ das Haus und verschwand, ohne den Eltern gegenüber auch nur ein Wort zu verlieren. Man konnte nur in Erfahrung bringen, dass sie bei einem Freund ihres Vaters, dem befreundeten Gastwirt Sebastian Gundtl, einen Wagen nach Wiener Neustadt gemietet hatte und darauf mit zwei handfesten Knechten und dem Kutscher fortgefahren war. Zu dieser Zeit stand übrigens schon die sogenannte Teufelsmühle an der nach Neustadt führenden Straße am Wienerberg.

Eines Abends hielt an der Teufelsmühle von Wiener Neustadt kommend ein Fuhrwerk. Auf diesem Wagen befanden sich nur der Rosslenker und ein hübsches Mädchen; auf der Ladefläche konnte man lediglich Decken sehen, die wohl über Waren ausgebreitet waren, und einen großen Koffer. Das junge Mädchen wurde überaus freundlich empfangen, in die Schankstube geleitet und es wurde ihm das beste Zimmer zur Verfügung gestellt. Sein Koffer wurde auch sogleich hinaufgebracht.

Der Wagen wurde dann in den Hof gefahren und dort unter dem Fenster abgestellt; der Kutscher blieb bei seinen Pferden, die er nicht ausspannte. Das Mädchen kam nun von seinem Zimmer wieder herunter und setzte sich in die leere Schankstube, um das Nachtmahl einzunehmen. Kurz darauf betrat ein wild aussehender Mann in bäuerlicher Tracht die Gaststube – es war der „Waldteufel“.

Er setzte sich zum Mädchen an den Tisch und versuchte, es ein wenig auszufragen, woher es komme und wohin es ginge. Das Mädchen antwortete ihm beiläufig und lachte viel, während es mit ihm redete, und der Waldteufel fühlte sich immer sicherer und wurde mit seinen Annäherungsversuchen immer direkter, was dem Mädchen nicht zu missfallen schien; nach einiger Zeit ging es langsam schäkernd auf sein Zimmer. Das ließ sich der grobe Räuber nicht entgehen, musterte schmunzelnd durch die einen Spaltbreit geöffnete Tür die reizende Gestalt, welche soeben ihre Haare löste, und trat mit den Worten ein:

„Schön bist du, Mädel! Du sollst die Meine werden und wirst es niemals schlecht bei mir haben!“

Polternd warf sich der Waldteufel in einen Armstuhl und das Mädchen atmete erleichtert auf. Sobald sich nämlich der Räuberhauptmann in den Armstuhl geworfen hatte und seine Arme die Lehnen berührten, rasselte ein verborgener Mechanismus. Eisenspangen griffen ineinander und in Blitzeseile sah sich der riesige Mann machtlos von einer gitterförmigen Zwangsjacke gefangen. Das Mädchen war Elsbeth, und nun trat diese zum Fenster und klatschte in die Hände. Unter den Decken kamen die starken Knechte des Gastwirtes Gundtl hervor, sprangen in die Schankstube, wo sie als Erstes den Wirt fesselten und knebelten, und liefen dann zu Elsbeth die Stufen hinauf.

Der Waldteufel versuchte sich mit aller Gewalt zu befreien, er schäumte vor Wut, aber der eiserne Sessel gab nicht nach. Dieser Sessel war eines der Meisterstücke des berühmten Wiener Neustädter Waffenschmiedes Johannes Klingensporner, und er gab sein Opfer nicht wieder frei.

Der Räuberhauptmann wurde nun mitsamt dem eisernen Sessel auf den Wagen geladen und im schnellsten Trab in die Stadt gefahren. Im Gasthaus an der Kärntnerstraße machten sie einen Halt, worauf der Wirt mit Entsetzen in dem Waldteufel einen seiner besten Gäste erkannte.

Ganz Wien jubelte über die Gefangennahme des Waldteufels, und das Gasthaus wurde von diesem Tag an „Beim Waldteufel" genannt, was dann später in „Zum wilden Mann" umgewandelt wurde. Der wilde Räuber Aufschring wurde am 24. Jänner 1371 auf dem Hohen Markt hingerichtet, wobei er mehrmals gerufen haben soll: „Futter für die Raben!"

Elsbeth aber wurde von diesem Tag an ehrfurchtsvoll „die österreichische Judith" genannt, da sie wie die Heilige Judith geschickt ihre weiblichen Reize eingesetzt hatte, um ihre Heimatstadt von einem raubenden und mordenden Tyrannen zu befreien. Wenig später heiratete sie den jungen Gastwirt Gundtl und teilten das verdiente Blutgeld gleichermaßen unter ihren Helfern und den Armen auf.

Die Bärenmühle

Es ist schon ziemlich lange her, es muss aber auf jeden Fall vor 1850 gewesen sein, als die Vororte Nikolsdorf, Matzleinsdorf und Reinprechtsdorf noch selbständige Gemeinden waren. Damals gab es noch Mühlen, wo der Bauer sein Korn zum Mahlen hinbrachte, und die wurden von dem Wasser des Mühlbaches angetrieben, einem künstlichen Arm der Wien. Dieser begann in Gumpendorf und mündete beim Naschmarkt wieder in die Wien ein. Drei Mühlen wurden bis 1856 von ihm betrieben – die Heumühle, die Schleifmühle und die Heiliggeistmühle.

Es war an einem Wintertag, als der Müller Johann Wachtel, Besitzer der Heiliggeistmühle, spätabends nach Hause kam. Er wollte gerade seine Mühle aufsperren, da hörte er hinter sich ein fürchterliches Gebrüll und wurde im gleichen Augenblick von zwei kräftigen Pranken gepackt und zu Boden geworfen. Der Müller hatte es mit einem Bären zu tun, der wohl auf der Suche nach Futter aus dem Wald gekommen war; das war nichts Ungewöhnliches im Winter, aber nie wurden bisher in dieser Umgebung Menschen angegriffen.

Der Müller wehrte sich mit seiner ganzen Kraft – er war allein schon durch seinen Beruf kein Schwächling –, aber der Bär war stärker und drückte den Müller so stark, dass ihm die Rippen brachen und er um Luft ringen musste.

„Hilfe", schrie der Müller, so gut er konnte, „zu Hilfe!" Zum Glück war sein Knecht im ersten Stockwerk der Mühle und handelte schnell. Ohne viel zu überlegen, sprang er aus dem Fenster und landete auf dem Rücken des Bären wie ein Reiter auf seinem Pferd. Er schlang sofort seinen rechten Arm um den Hals des Bären und nahm ihn in den Schwitzkasten, so dass der Bär den Müller losließ, um sich von seinem Angreifer zu befreien. Durch das Geschrei und das Brüllen des Bären waren nun auch schon andere Helfer gekommen, und mit vereinten Kräften konnte das Tier erdrosselt werden.

Der Müller war außer sich vor Freude, diesen Angriff überlebt zu haben und lobte seinen Knecht in den höchsten Tönen. Er wollte dem selbstlosen Retter das schenken, was er von ihm haben wollte. Aber dieser wehrte verlegen ab und sagte, das hätte ein jeder andere wohl auch getan. Aber wenn er so darüber nachdachte, dann hätte er doch einen Wunsch, er würde nämlich gerne das abgezogene Fell des Bären erhalten.

„Daraus will ich mir einen Pelz für den Winter machen lassen", sprach er.

Das Geld, das ihm der Müller anbot, lehnte er ab; er nahm nur die Bärenhaut, ließ sich einen Pelz daraus machen und trug ihn im Winter am Leib und im Sommer über der Schulter, sodass er von allen nur noch der „Bärenhäuter" genannt wurde. Als er später ein Gasthaus kaufte und Wirt wurde, stand auf dem Wirtshausausleger: „Gasthaus zum Bärenhäuter." Die Heiliggeistmühle aber wurde seit diesem Ereignis „Bärenmühle" genannt.

Das Bärenkreuz

In der alten Vorstadt Hundsturm ging es früher öfters lustig zu, und das lag nicht nur an dem alten Hundsturmer Brauhaus, das bis 1860 bestand. An diesem einen erwähnenswerten Tag, da kam ein Wandergaukler nach Hundsturm und zog langsam in die Richtung des gleichnamigen Schlosses. Dieser Gaukler hatte ein eigenartiges, auffälliges Aussehen und führte viele wunderliche Dinge und Tiere mit sich. Das Interessenteste aber war sein Bär, den er mit sich führte. In der Nase des Bären steckte ein metallener Ring und daran war eine schwere Kette befestigt, die der Gaukler nicht in den Händen trug, wie man etwa eine Kuh oder einen Ochsen führt; die Kette hatte er an seinem Gürtel befestigt, den er um den Leib trug. Das Tier war ein Braunbär und ihm tat seine Nase weh, von dem Metallring war sie eingerissen und eiterte an den Stellen, wo das Metall im Fleisch steckte. An manchen Stellen blieb der fremde Mann stehen und holte seine Geige heraus und begann zu spielen und zu singen; die Leute kamen herbei und hörten ihm neugierig zu, die meiste Aufmerksamkeit zog jedoch der Bär auf sich. Er begann mit der Musik, sich aufzurichten und sich langsam von einem Bein aufs andere zu wiegen, gerade so, als wenn er tanzen wollte zu der Musik. Das war ein Aufsehen, die Kinder strömten herbei und als die kleine Darbietung zu Ende war und die „Einmanntruppe" wieder ein paar Schritte weiterzog, da wollten die Burschen den Bären wieder tanzen sehen, dafür aber nichts zahlen. Sie suchten sich lange Gerten und versuchten ihn mit ihrem wilden Gefuchtel wieder zum Tanzen zu animieren, aber der Bär wurde nur grimmig dadurch, denn er hatte schon zu viele Gerten zu spüren bekommen. Was die Kinder allerdings nicht wussten – der Tanzbär tanzte nicht aus Freude zur Musik, es war ihm viel mehr grausam antrainiert worden. Sein Besitzer hatte ihn auf glühende Kohle geführt und dazu Musik gespielt. Aus Schmerz verlagerte der Bär sein Gewicht von einem Bein aufs andere, doch es gab keinen Ausweg, er musste auf den glühenden Kohlen bleiben, bis sie kalt waren. Von nun an machte der Bär immer diese komischen Bewegungen, wenn er mit dem Beginn der Musik an dieses schmerzhafte Geschehen erinnert wurde.

Nun suchten sich einige der Kinder sogar Steine und warfen damit auf den zotteligen Bären, und plötzlich bäumte sich der Bär auf, begann zu brüllen und riss mit der Kette seinen Besitzer zu Boden. Ein Schlag mit seiner Pranke und der Fremde war tot. Die Menschenmenge lief schreiend auseinander und brachte sich in Sicherheit, und der Bär lief die Straße weiter hinunter und schleifte den Toten hinter sich her.

In der Schmiedgasse stand ein Haustor weit offen, und da lief er hinein und kam bis in die Stube, wo ein lebensgroßes Kreuz hing. Unter dem Kreuz stand aber eine Wiege, in dem ein Säugling schlief. Die Eltern und die anderen Hausbewohner kamen eiligst mit Stangen und Spießen herbeigelaufen, um das Kind vor der Bestie zu schützen – doch vor Schreck blieben alle miteinander stehen und wagten kaum Luft zu holen. Der Bär schnüffelte jeden Winkel der Wiege ab, leckte schließlich dem Kind die kleinen Händchen ab, dann aber drehte er sich um und lief davon.

Alle Versammelten fielen nun vor dem Kreuz auf die Knie und sprachen ein Dankgebet für die Rettung des Kindes.

Das Haus wurde von nun an „Zum braunen Bären" und die Straße „Bärengasse" genannt, beides liegt heute im 5. Bezirk, in Margareten. Das Bärenkreuz wurde in der Familie lange in Ehren gehalten und vom letzten Besitzer 1855 der Lazaristenkirche gewidmet, wo es noch heute am Neubau hängt.

Von alten Bräuchen

Unter den einfachen Frauen in Wien hat man sich lange Zeit eine seltsame Geschichte erzählt, die sich in Gumpendorf im 6. Bezirk ereignet haben soll.

Eines Tages kam ein furchtbarer Wind auf, der bald zum Sturm wurde, und wer nicht unbedingt auf die Straße musste, der blieb lieber im Haus. Eine der Wäscherinnen aus dem Haus befahl nun den Kindern, dem Wind etwas zu essen zu geben. Eine Nachbarin war bei ihr in der Küche und rief grob:

„Ja, speisen! Ich wollte den Hund lieber erstechen!", und nahm ein Messer in die Hand, welches sie in den Hof warf.

Nun wurde sie gewarnt, dass sie sich nicht lustig machen sollte über den alten Brauch, den Wind zu speisen, denn das könnte unglücklich für sie ausgehen. Nachdem die zwei Frauen noch eine kurze Zeit geplauscht hatten, ging die Spötterin wieder in ihre Wohnung hinüber. Da stand ein großer Mann bei ihr in der Tür zur Stube und sie wusste vor Schreck und Angst nicht, was sie tun sollte. Sie erinnerte sich gleich an ihre frevelhaften Worte und dachte sich, dass das wohl ihr letztes Stündlein sei. Weil sie sich nicht anders zu helfen wusste, versuchte sie es mit Freundlichkeit. „Das hat noch nie geschadet", dachte sie bei sich. Sie bot dem Gast einen Platz an, fragte, ob sie ihm einen Kaffee oder ein Glas

Wein kredenzen könne und endete mit der Floskel „Euer Wunsch sei mir Befehl!“

Da begann der große, schwarze Mann zu sprechen:

„Das ist dein Glück, dass du so höflich zu mir bist. Ich bin der Wind und ich hätte dich sonst in kleine Stückchen zerrissen!“

Ein „Landmädel“ aus einem anderen Bezirk, das mit sehr alten Hausbräuchen aufgewachsen war, heiratete einen Mann aus der Stadt. Dieser zählte sich zu den sogenannten „Freigeistern“ und wollte selber entscheiden, an wen und was oder ob er gar nicht glaubte. Seine junge Frau hatte nun neben vielen anderen Gewohnheiten auch jene, von den Speisen, bevor sie auf den Tisch kamen, ein wenig ins Herdfeuer zu geben.

Auf die Frage, was denn ihr Tun zu bedeuten habe, antwortete sie ihm fest überzeugt:

„Das ist für die armen Seelen.“

„Bitte was?“, fragte ihr Mann brüskiert, „dafür muss ich mein Geld zu hart verdienen, als dass du es ins Feuer werfen kannst!“ Im Übrigen war er auch den Armen gegenüber sehr abweisend.

Da wurde der Mann krank und starb. Im gleichen Jahr noch, in der Adventzeit, saß die Frau einmal am Abend in ihrer Stube und nähte. Da hörte sie vom Ofen her, in dem sie ein Feuer brennen hatte, ein unheimliches Sausen und Brausen. Ganz gleich geschah es am nächsten Abend, und noch dazu hörte man Klagelaute und Wehgeschrei, wie von einer menschlichen Stimme. Am dritten Abend dann, es war der Weihnachtsabend, da hörte sie deutlich die Stimme ihres verstorbenen Mannes aus dem Ofen.

Er bat sie, ihm zu helfen, denn er habe unerträglichen Hunger, wie er sagte. So gab die Frau nach altem Brauch von den Speisen des Weihnachtstisches etwas ins Feuer, worauf das unheimliche Brausen und Klagen nicht mehr zu hören war. Seit diesem Abend aber kehrte die Witwe wieder zu ihrer alten Angewohnheit zurück, von dem Essen auch etwas „für die armen Seelen“ ins Feuer zu geben.

Das Gasthaus zum nassen Hadern

Im Schottenfeld, später ein Teil des siebten Bezirks, siedelten sich früh Fuhrmänner und Milchmeier, die Käse herstellten, an und im Lauf der Zeit begann die Ansiedlung von Seidenfabrikanten. Damit lebten dort auch viele Arbeiter und Handwerker, die es unter den damaligen Bedingungen in den Betrieben und Fabriken sehr schwer hatten, ihr tägliches Brot zu verdienen. Nach langem, mühsamem Tagwerk gingen viele von ihnen anstatt direkt nach Hause noch zu einem der Wirte, die mit den Arbeitern in der Gegend ein recht gutes Geschäft machten.

In einem Gasthaus in der Zieglergasse gab es eine Magd, die rasch das kühle Bier brachte und als ehrliche Bedienung bei ihren Gästen sehr beliebt war. Sie war tüchtig und flink, aber wenn ihr etwas nicht gefiel, konnte sie auch recht barsch und bestimmt werden.

Schon sehr früh am Morgen nach einem turbulenten Abend, an dem sie bis lange nach Mitternacht unermüdlich servieren musste, schrubbte diese Magd, Berta, die rauen Holzdielen, als drei Soldaten in schmutzigen Mänteln und lehmigen Stiefeln die Wirtsstube betraten. Mit flegelhaftem Auftreten verlangten sie lautstark nach Bier. Berta schimpfte aufgebracht:

„Wer glaubt ihr denn, dass ihr seid? Ihr trampelt da mit euren dreckigen Stiefeln auf meinem sauber geputzten Boden herum. Es ist früh am Morgen, wir haben geschlossen, verschwindet sofort und sucht euch ein anderes Lokal!“

Da dachten die Soldaten, sie könnten diese Magd weiter necken und zertraten absichtlich ihren Schmutz in allen Ecken der Stube, wobei sie auch begannen, die Frau einzuschüchtern. Sie versuchten sie sogar zu küssen, worauf Berta nur noch wütender wurde, und als ihr einer einen schallenden Klaps auf das Hinterteil gab, da wurde es ihr endgültig zu viel.

Berta zog den „Aufwischfetzen" aus dem mit schmutzigem Wasser gefüllten Eimer und prügelte auf die Soldaten ein, dass die nur mehr so schnell wie möglich zur Tür hinaus flüchteten. Man sah die drei noch heulend, fluchend und triefend nass weglaufen. In der Zwischenzeit war der Wirt aus der Küche gekommen und lachte so heftig, dass er kaum zu bremsen war. Er lobte den Mut und Einsatz von Berta mit überschwänglichen Worten.

Ein paar Tage später, Berta war wie üblich schon sehr früh am Morgen beim schweißtreibenden Schrubben der Holzdielen der Wirtshausstube, nahm sie der Wirt an der Hand und führte sie vor die Tür. Hier war soeben von zwei Tischlern ein riesiges, neu gemaltes Wirtshausschild angebracht worden. „Zum nassen Hadern" war darauf geschrieben, und die neugierigen Gäste ließen sich gerne die erklärende Episode zu diesem Wirtshausnamen erzählen.

Die Sage vom Tscherkessen

Der türkische Weltreisende Evliya Çelebi beschreibt im siebten Band seines Fahrtenbuches die Kämpfe um die Stadt Wien aus der Sicht der Türken. Einem der kühnen Reiter war es gelungen, durch eine Bresche in der Stadtmauer in die Stadt zu gelangen. Es war Dayi Çerkes, der von seinen Mitstreitern im Stich gelassen wurde und sich allein bis zu seinem Tod verteidigen musste. Çerkes stammte von dem im Kaukasus lebenden Volksstamm der Tscherkessen. Heute wird der Tscherkessenplatz als der „Heidenschuss“ bezeichnet.

Als Sultan Süleyman, der großmächtige Khan, um an den unseligen Ungarn sowie an den Giauren (Ungläubigen) deutschen Blutes Rache zu nehmen, im Jahre 936 (1529) die Festung Wien höchstpersönlich belagerte, da ließ er sie von neun Fronten her aus unzähligen Donnergeschützen unausgesetzt unter Feuer nehmen und ihre Widerstandskraft zermürben. Es wurde mehrfach Sturm gelaufen, und schon war man in die Mauern eingebrochen. Auf den Wällen erscholl bereits der muslimische Gebetsruf, und auch ein kühner Haudegen namens Çerkes war durch eine Bresche, welche die Geschütze gerissen hatten, auf seinem Ross bis mitten in die Festung vorgedrungen. Aber da fiel der tapfere Çerkes samt seinem Pferd als Blutzeuge des Glaubens. Die Giauren schlugen den Sturmangriff des muslimischen Heeres zurück, und so wurde also der Hauptsturm auf den kommenden Tag verschoben.

Durch Allahs Fügung setzte jedoch am nächsten Morgen scharfer Frost ein. Es fing an zu schneien und ein derartiger Schneesturm und Wirbelwind mit Hagelschlag brach hernieder, dass das ganze muslimische Heer unter diesen Schneemassen in äußerste Bedrängnis geriet. Sämtliche Schanzgräben wurden vom Schnee zugeweht, vielen tausend Männern erfroren Arme und Beine, unzählige Zugtiere gingen vor Kälte zugrunde, und es entstand ein Wirrwarr wie am Jüngsten Tag.

Da baten sämtliche Krieger des Islams:

„Gnade, Erbarmen, o großmächtiger Süleyman! Jedes Werk lässt sich nur zu seiner vorbestimmten Zeit vollbringen, wenn Allah der Allerhabene es will. Siebzehn Tage sind nun schon seit dem Kasim-Tag verstrichen. Unsere Absicht war ja nur, den Giauren eine Züchtigung zu erteilen, und dies ist geschehen. So wollen wir uns jetzt in Sicherheit bringen, um im Frühjahr – so Allah es will – diese Festung aufs Neue zu belagern!"

Sultan Süleyman gab den Bitten seiner Krieger nach und hob die Belagerung auf. Der Leichnam des Dayi Çerkes jedoch und der Kadaver seines Pferdes wurden von den fränkischen Ärzten mittels eines Dekokts (Balsams) mumifiziert und als Denkmal aufgestellt. Und so sitzt also dort unter einem Mauerbogen noch heute jener tscherkessische Haudegen auf seinem Ross, angezogen mit allen seinen Kleidern und Waffen, mit Panzer, Helm und Köcher, und auf dem Kopf den Tatarenkalpak. Und nach ihm hat der Tscherkessenplatz zu Wien seinen Namen.

Den Giauren aber, der mit seiner Flinte diesen Helden niedergeschossen hatte, ließ König Ferdinand herbeiholen und sprach zu ihm:

„Warum hast du einen solch tapferen Glaubensstreiter so hinterlistig mit der Flinte erschossen? Wenn du nämlich ein Mann wärest, dann hättest du ihn mit Bravour aus dem Sattel gehauen und ihm den Kopf abgeschlagen."

Mit diesen Worten übte der irrgläubige König Gerechtigkeit und ließ den Giauren, der den Tscherkessen umgebracht hatte, diesem gegenüber in die Wand mauern, dass er unter Qualen verendete. Sein stinkender Kadaver ist gleichfalls völlig eingetrocknet und befindet sich noch immer in jener Mauer.

Die Heuschreckenplage

In der Zeit, als Herzog Albrecht II., der Enkel von Rudolf von Habsburg, regierte, da wurde die Umgebung von Wien von einer schrecklichen Heuschreckenplage heimgesucht. Besonders im heißen Sommer 1335 brachen unglaublich riesige Heuschreckenschwärme rings um

Wien ein, und ihre Gefräßigkeit verwandelte blühende Gegenden innerhalb weniger Stunden in kahlgefressene Wüsten.

Besonders das im Westen des damaligen Wien gelegene Buchfeld wurde arg mitgenommen; es blieben dort kein Halm und kein Blatt verschont. Die heutige Buchfeldgasse im Bezirk Josefstadt erinnert noch heute daran.

Aus dieser Zeit weiß man sich zu erzählen, dass das Buchfeld damals einem adeligen Grundherrn gehörte, der besonders hart und rau zu seinen Knechten und Mägden war. Es war genau in der Erntezeit, da brachte ihm der Oberknecht die Meldung, dass gewaltige Heuschreckenschwärme das Feld überfallen hatten und abfraßen. Da es aber so viele Heuschrecken waren, wie man noch nie vorher gesehen hatte, waren die Arbeiter erschrocken aus dem Feld geflohen.

Da schrie der Herr auf:

„Was, jetzt, zur Ernte? Jetzt, wo es gilt die Frucht der mühsamen Arbeit einzuholen, da lasst ihr den Bauern allein? Das ganze Jahr habe ich euch durchgefüttert und jetzt, wo ich euch brauche, da lauft ihr, ihr Pack!"

Fast irre vor Wut schmiss er sich auf sein Pferd und ritt mit seinen Hunden aufs Feld. Er nahm einen Dreschflegel in die Hand und preschte in das Feld hinein.

„Ich werde meinen Knechten und den Heuschrecken schon zeigen, was es heißt, der Herr zu sein!", und er fing an, auf die Heuschrecken in den Getreidehalmen loszudreschen, dass der Staub vom Boden nur so aufstob.

Die dichten Scharen der Heuschrecken erhoben sich, dass ihr Flügelrauschen wie niederprasselnder Hagel klang, und die Hunde des wütenden Herren machten schnell, dass sie aus dem Feld kamen. Der Herr aber ritt immer weiter in sein Feld und in die Heuschrecken hinein und versuchte sie aus seinem Feld zu vertreiben, doch bald war er selber von einer schwarzen Wolke von Heuschrecken umhüllt.

An diesem Abend kam der Herr nicht heim, wo die ängstlichen Hunde bereits auf ihn warteten, auch am nächsten Abend nicht. Erst als die Heuschrecken weiterzogen – und das taten sie erst, als sie das letzte Gräschen abgefressen hatten –, fand man die abgenagten Skelette von Ross und Reiter inmitten der kahlen Wüste.

Wo die Jungfrau zum Fenster hinaussieht

Beim Thurybrückel, an der Kreuzung Liechtensteinstraße/Alserbachstraße, befand sich ein Haus, welches das Schild „Wo die Jungfrau zum Fenster hinaussieht" führte. Über die Entstehung dieses Hausnamens erzählt man sich eine Sage aus der Pestzeit:

Schon im Jahr 1410 hatten Wien und auch andere Orte in ganz Europa unter der Pest zu leiden, die Spitäler waren von Pestkranken überfüllt.

Im Spital zu Siechenals, wie damals diese Gegend genannt wurde, arbeitete zu dieser Zeit ein junger, fleißiger Krankenpfleger, der allgemein beliebt und immer sehr sorgsam und bemüht um das Wohl der Sterbenden war. Dann aber meinten seine Arbeitskollegen, eine Veränderung an ihm zu erkennen und man dachte, dass wohl sein Liebeskummer daran schuld sein müsse. In einem Nachbarhaus wohnte nämlich ein hübsches Mädchen, das sich nur zu gerne ans Fenster stellte, um mit ihm zu kokettieren. Es schien den ganzen Tag über nichts anderes zu tun zu haben, als am Fenster zu stehen und den Burschen abzupassen. Und er wiederum versuchte bei jeder Gelegenheit, an diesem Fenster vorbeizugehen und riss sich direkt um die minderen Dienstbotengänge.

Dass ein junger Bursche und ein junges Mädchen Gefallen aneinander finden, ist sicher etwas ganz Normales, aber die Einwohner von Siechenals fanden es nicht angemessen, in dieser furchtbaren Zeit, wenn der Sensenmann ganze Stadtteile in einer Nacht holte, verliebte Blicke auszutauschen. „Das wird kein gutes Ende nehmen", tuschelten sie hinter ihren Rücken.

Die Familie des Mädchens, das ganz besonders verliebt schien und wohl an gar nichts anderes mehr dachte, versuchte es von seinem Verhalten abzubringen. Es solle dem Burschen vom Spital doch nicht so vielsagende Blicke zuwerfen und schon gar nicht so, dass alle in der Straße es sehen konnten!

Doch die junge Frau war halt so, wie man es den „Thurybrücklern" nachsagte – humorvoll und sehr direkt – und dachte gar nicht daran, ihr Leben am Fenster aufzugeben. Die ganze Zeit saß sie dort, um nach ihrem Liebsten zu schauen oder wenigstens nach der Pforte des Spitals, wo er ja irgendwann mal herauskommen musste.

Eines Tages war von dem so heiß Ersehnten aber nichts zu sehen; so sehr sie auch am Fenster wartete, er trat nicht auf die Straße heraus, um bei ihr am Fenster vorbeizuschauen. In dieser Nacht blieb das Mädchen am Fenster sitzen und hielt nach seinem Schatz Ausschau, aber viel konnte es nicht erkennen, denn es war eine stürmische und regnerische Nacht, die das Fenster „blind" machte. Im Morgennebel schwoll der Alserbach hoch an und rauschte mit reißender Gewalt der Donau zu. Da sah die Wartende plötzlich eine Leiche im Wasser treiben, und wie vom Blitz getroffen fuhr sie hoch und fiel schreiend in sich zusammen, als sie ihre große Liebe in dem Toten erkannte.

In wenigen Stunden war auch er an der schlimmen Seuche erkrankt und gestorben. Nach seinem Tod wurden in seinem Kasten viele Habseligkeiten gefunden, die den ehemaligen Kranken gehört hatten und die er sich angeeignet hatte. Nicht nur, dass er den Kranken und Toten ihr Eigentum genommen hatte, nein, es kam noch dazu der Verdacht auf, dass er wohl manchen Menschen aus der Welt geschafft hatte, der gerade erst die Krankheit überstanden hatte.

So nahmen die ehemaligen Arbeitskollegen den Leichnam und warfen ihn mit bösen Reden in die Fluten des Alserbaches, denn so ein habsüchtiger Kerl, der hatte kein ordentliches Begräbnis verdient.

Das Mädchen wurde vor Trauer wahnsinnig und stürzte sich in der folgenden Nacht vom Fenster in den Bach hinunter.

Natürlich konnte sich niemand aus der Nachbarschaft vorstellen, dass die Seele des armen Mädchens jemals seine Ruhe finden könne und viele sagten, sie hätten das Mädchen am Fenster sitzen sehen, wo sie so oft auf ihren Burschen gewartet hatte und aus dem sie gesprungen war. Dort soll sie der Sage nach warten – bis zur Stunde ihrer Erlösung.

Die Teufelsmühle am Wienerberg

Auf der Straße nach Baden, hinter der „Spinnerin am Kreuz“, liegt die sogenannte Teufelsmühle am Wienerberg, in der sich auch seit Menschengedenken ein Wirtshaus befindet. Die Mühle wurde über Generationen von ehrlichen Leuten betrieben, doch dann kam sie in den Besitz des Raubritters Kilian von Drachenfels, der hier unter dem Deckmantel eines ehrbaren Müllergewerbes und eines Schankwirtes nun ungestört seinem Räuberhandwerk nachging.

Er tat sich mit allerlei üblen Gesellen zusammen und mancher Wanderer, der in dem Wirtshaus essen oder übernachten wollte, wurde ausgeraubt und getötet. Lange kam man diesem Übeltäter nicht auf die Spur.

Seine anständige und ehrliche Frau sah mit Abscheu diesem bösen Treiben zu, bat ihn eindringlich, das kriminelle Dasein zu beenden und machte ihm immer wieder Vorwürfe. Der Ritter konnte die ständigen Ermahnungen seiner Ehefrau nicht mehr hören. Als sie ihn eines Tages wieder beschimpfte, wurde er zornig, nahm seine Frau und warf sie kopfüber in den tiefen Brunnen.

Nach diesem Mord erhob sich ein furchtbarer Sturm, die Erde erzitterte, die schrecklichsten Geister der Hölle erschienen und mit ihnen verschwanden der Ritter und seine Spießgesellen. Die Mühle verödete und jedermann eilte so rasch wie möglich an dem unheimlichen Haus vorbei, von dem es nun hieß, der Teufel treibe sein Unwesen darin. Um zwölf Uhr nachts begannen sich die Mühlräder zu drehen, und der Ritter und seine dem Teufel verfallenen Kumpane erschienen und schleppten unter Jammern und Stöhnen schwere Getreidesäcke herbei, die sie durch die Lüfte brausend in die Mahlkästen der Mühle schütten mussten. Dies sollte, so hieß es, so lange geschehen, bis die ermordete Frau aus dem Brunnen hervorgeholt und ihr Leichnam in geweihter Erde zur ewigen Ruhe bestattet werden würde. Wer aber die arme Seele erlöse, werde reich belohnt werden.

Einige Jahre darauf kam spät in der Nacht ein junger Ritter mit seinem Knappen an der Teufelsmühle vorbei. Ein schweres Unwetter zwang sie, dort Schutz zu suchen. Sie setzten sich an einen Tisch in der totenstillen Mühle und jeder nahm sein Schwert in die Hand, um so die Nacht durchzumachen. Der Ritter, Günter von Schwarzenau, war in einer unglücklichen Situation. Er war nicht reich und liebte die Tochter seines Nachbarn, der einer der mächtigsten und reichsten Ritter im ganzen Land war. Obwohl diese von vielen Freiern umworben wurde, war sie ebenfalls in Günter verliebt, aber ihr Vater wollte sie nur dem mächtigsten und reichsten Ritter zur Frau geben, niemals jedoch dem armen Ritter von Schwarzenau. Als nun Günter so über sein Liebesleid nachdachte, ertönten die zwölf Glockenschläge der Mitternacht, und kaum war der letzte verklungen, so fingen die Mühlräder an, polternd zu arbeiten. Und schon erschienen der gespenstische Ritter Kilian und viele seiner Knechte, mit Säcken schwer beladen, und jagten an dem zu Tode erschrockenen Ritter und seinem Knappen vorbei. Günter fasste sich bald, erhob sein Schwert und rief:

„Bei Gott, ich beschwöre euch, sagt mir, wie ich euch erlösen kann. Ich will es tun, so wahr mir Gott helfe!"

Da hörte er eine Frauenstimme:

„Ritter von Schwarzenau! Deine Gottesfurcht und Güte gegen alle Menschen geben dir die Kraft, mich zu erlösen. Mein Mann warf mich in den Brunnen dieses Hauses. Wenn du mich aus dem Brunnen holst und in geweihter Erde begräbst, bin ich erlöst und auch mein Mann wird die Ruhe seiner Seele finden. Geh furchtlos an das Werk!"

Die Uhr schlug eins und aller Spuk hörte auf. Im Morgengrauen suchten nun die zwei Männer im Gestrüpp hinter der Mühle den Brunnen und fanden ihn bald. Mit Leitern stieg der beherzte Ritter in den Brunnen und konnte die tote Frau ans Tageslicht bringen, die dann auf dem Friedhof begraben wurde. Kaum aber waren die letzten Worte des Geistlichen am Grab verklungen, so hörte der Ritter eine Stimme, die ihm freudig zurief:

„Habe Dank, du edler Rittersmann, du hast mich arme Seele erlöst und auch mein Mann wird Ruhe finden. Gehe nun heim in deine Burg. Du wirst dort auf dem Tisch einen reichen Schatz finden, auf dem kein Fluch lastet, und deine Braut wird dein glückliches Weib werden."

Es traf auch alles so ein und von dieser Stunde an war der Spuk in der Teufelsmühle vorbei.

Die Spinnerin am Kreuz

An der Triester Straße im 10. Bezirk steht eine schöne Steinsäule, die „Spinnerin am Kreuz" genannt wird. Der große, reich gegliederte Tabernakelpfeiler wurde 1375 erbaut und 1452 durch den Dombaumeister von St. Stephan, Hans Puchsbaum, in neuer Form errichtet. Die Säule markierte die äußerste Grenze der Wiener Stadtgerichtsbarkeit. In unmittelbarer Nähe befand sich das Hochgericht, wo bis ins 19. Jahrhundert öffentliche Hinrichtungen durch den Galgen oder das Rad erfolgten. Die Hingerichteten wurden gleich an Ort und Stelle verscharrt und die Skelette werden bis in die heutige Zeit bei Tiefbauarbeiten gefunden.

Besuchte man im Mittelalter Wien und kam von Süden aus zu diesem Punkt, so erblickte man hier zum ersten Mal die Stadt.

Es ist schon mehr als 700 Jahre her, da kam die Nachricht nach Wien, dass das Heilige Land von den Türken erobert worden sei. In den Schenken und auf den Gassen sprachen die Leute davon, es wurden schreckliche Sachen erzählt: Alle Christen waren gefangen worden und mussten nun in Gefängnissen die schlimmste Marter erleiden. Wer kein Lösegeld zahlen konnte, dem wurde im besten Fall der Kopf abgeschlagen oder er wurde aufs Grausamste gefoltert.

Bereits am nächsten Tag zog ein Bote des Herzogs durch die Stadt. Er läutete mit einer Glocke, damit die Leute aufmerksam wurden. Wenn sich dann viele Menschen um ihn angesammelt hatten, blieb der Bote stehen und verkündete:

„Der Herzog lässt euch sagen, das Christentum ist in Gefahr. Die Türken können die Christen nicht leiden und vertreiben sie aus ihrem Land. Der Herzog lässt euch ebenso sagen, dass es einen Kreuzzug geben wird. Alle Männer, die mitziehen wollen, um das Heilige Land zu erobern, sollen sich melden. Wer nicht mitziehen kann oder will, der muss Geld für den Kreuzzug zahlen."

Nun waren die Leute noch aufgeregter. Viele Männer meldeten sich zur Teilnahme an dem Kreuzzug. Andere, die eine Familie besaßen, wollten lieber etwas zahlen. Da war auch ein Mann in Wien, der war jung verheiratet und hatte kein Geld.

„Ich will auch etwas für die gute Sache tun", sagte er zu seiner jungen Frau, „zahlen kann ich nichts, darum will ich selbst mitgehen und das Heilige Land befreien helfen."

Da weinte die Frau und sagte: „Wir sind doch erst seit drei Tagen verheiratet und schon willst du fort von mir. Aber ich sehe ein, dass es nicht anders geht. Ziehe du in den Krieg, aber gib acht, dass dir nichts geschieht und dass du gesund zurückkommst!"

So meldete sich der Mann in der Hofburg und ließ sich ein rotes Kreuz auf den Ärmel nähen, das war das Abzeichen der Kreuzfahrer. Nach vier Wochen wurde zum Aufbruch geblasen und die Kreuzfahrer marschierten ab. Die junge Ehegattin begleitete ihren Mann bis auf die Höhe des Wienerberges, wo damals ein einfaches Holzkreuz stand. Dort nahmen sie Abschied voneinander. Der Frau war so schwer ums Herz, sie wollte die Hand ihres Gatten nicht loslassen und sagte:

„Mir ist, als sollte ich dich nie wiedersehen!"

„Sei nicht traurig!", sprach der Mann, „ich werde gewiss wiederkommen. So, jetzt leb wohl und denke recht oft an mich!"

Seine Frau reichte ihm die Hand. Ihr Mann trat wieder in die Reihe und ging mit den anderen weiter. Nun wankte die Frau zu dem Holzkreuz, setzte sich auf die Bank und verbarg ihr Gesicht in den Händen. Als sie wieder aufschaute, waren die Männer schon weit fort. In der Ferne sah sie nur noch eine Staubwolke, die immer weiter weg wanderte.

Am nächsten Tag verkaufte die Frau ihr Häuschen in der Stadt, erwarb einen Spinnrocken und zog zu den armen Leuten auf den Wienerberg. Tag für Tag saß sie nun bei dem Holzkreuz und spann. Hier, wo sie ihren Mann zum letzten Mal gesehen hatte, hier wollte sie auch auf ihn warten. Und wie sie so saß und spann, da wanderten ihre Gedanken weit fort übers Meer ins Morgenland. Dort sah sie einen Mann tapfer kämpfen, und das war ihr Gatte. Sie hatte bei ihrer Arbeit viel Zeit zum Nachdenken; und eines Tages kam ihr der Gedanke, statt des Holzkreuzes eine schöne Steinsäule erbauen zu lassen, das Geld wollte sie sich durch Spinnen verdienen. Diese Idee war nicht mehr aus ihrem Kopf zu bringen. Sie traf mit sich selber das Abkommen, wenn die Steinsäule fertig sein würde, werde auch ihr Mann zurückkommen. Dieser Gedanke machte ihr das Leben und das Warten leichter, denn sie wusste, für wen und für was sie arbeitete.

Zwei Jahre waren jedoch schon vergangen, und die Frau spann noch immer. Alle Leute der Umgebung kannten sie schon und nannten sie die „Spinnerin am Kreuz“. Auch in Wien hatte man schon von ihr gehört und oft kamen neugierige Buben und Mädchen hinaus zu ihr und sahen sie scheu aus der Ferne an. Sie machte immer ein ernstes, bekümmertes Gesicht und sprach mit niemandem. Nur wenn ein Fremder aus dem Süden kam, hob sie den Kopf und fragte, ob er etwas von ihrem Mann wisse. Aber keiner hatte ihn gesehen. Die Vorübergehenden hatten Mitleid mit der jungen Frau. Sie kauften ihr die Textilien ab und gaben ihr mehr Geld, als sie verlangte. Das Geld legte die Frau behutsam zusammen und bald war es so viel, dass sie eine Steinsäule errichten lassen konnte. Sie ging zu einem Baumeister nach Wien und sagte:

„Ich möchte auf dem Wienerberg, wo jetzt das Holzkreuz steht, eine schöne Steinsäule erbauen lassen."

Der Baumeister holte eine Mappe hervor, zeigte der Frau verschiedene Zeichnungen von Denksäulen und sagte:

„Sucht Euch die aus, welche Euch am besten gefällt!"

Die Spinnerin sah alle Bilder an und endlich hatte sie die schönste Abbildung gefunden. Da sprach sie:

„So soll die Säule ausschauen!", und der Baumeister nannte ihr den Preis.

Aber so viel Geld hatte die Frau nicht, da musste sie noch ein Jahr sparen. Als das der Baumeister hörte, sagte er:

„Das macht nichts! Ich fange in der Zwischenzeit schon mit dem Bau an. Bis die Säule fertig ist, habt Ihr sicher schon so viel Geld verdient wie das Denkmal kostet."

Da arbeitete die Frau noch fleißiger als früher, und neben ihr arbeiteten die Steinmetze.

Sie legten zuerst drei Platten als Unterlage, unten die größte, die mittlere etwas kleiner und die obere noch ein wenig kleiner, so dass Stufen entstanden. Darauf setzten sie einen achtseitigen Steinsockel, und darauf kam eine schlanke Spitzsäule, ganz so, wie es auf dem Plan zu sehen war.

Nach einem Jahr war die Säule fertig und die Frau hatte inzwischen so viel verdient, dass sie den Preis zahlen konnte. Von nun an saß sie immer auf den Stufen der Denksäule und spann. Was sie jetzt verdiente, das wollte sie ihrem Mann schenken, wenn er zurückkam.

Warum aber kam er denn nicht? Das Denkmal war ja schon fertig! Tag für Tag saß die Frau auf ihrem Platz, immer wieder schaute sie den Weg hinab, auf dem ihr Mann fortgezogen war. Und wenn der Abend kam und die Frau ihre Sachen zusammenpackte, dann sagte sie leise zu sich selbst:

„Heute wieder nicht! Vielleicht kommt er morgen!"

Am nächsten Morgen saß sie wieder auf der Höhe und spann. Und so ging es viele Wochen und Monate weiter, aber ihr Mann kehrte nicht heim.

Drei Jahre waren bereits vergangen und die Frau wartete noch immer auf ihren geliebten Gatten. Sie war schon ganz blass und mager geworden vor lauter Kummer. Als sie einmal wieder nach Süden in die Ferne blickte, da sah sie – genau wie vor drei Jahren – eine Staubwolke. Das waren die heimkehrenden Kreuzfahrer! Die Hände zitterten ihr vor Freude, sie legte die Arbeit weg und schaute mit klopfendem Herzen in die Ferne. Immer näher kam der Zug, Waffen blitzten in der Sonne. Es war eine lange Kolonne von Männern, alle waren braun im Gesicht und ganz mit Staub bedeckt – und alle zogen an der Denksäule vorüber. Jedem Krieger blickte die Frau ins Gesicht, eine ganze Stunde lang dauerte das Vorbeimarschieren – ihr Mann war aber nicht dabei.

Da warf sich die arme Frau auf die Stufen der Säule und schluchzte:

„Du mein lieber Gott, warum strafst du mich so hart? Drei Jahre habe ich hier gewartet und hart gearbeitet! Keinen einzigen Tag habe ich mir Ruhe gegönnt und nun ist mein lieber Mann nicht dabei. Was fange ich allein auf der Welt an? Ich mag nicht mehr leben! Mein Glück ist dahin, mein Mann ist tot, er liegt im fernen Land. Nie mehr kann ich ihn sehen, nie mehr kann ich mit ihm sprechen! Was hab ich Böses getan, dass du mich so hart strafst?"

So jammerte die Frau und die Tränen rannen über den Stein ins Gras. Und als sie sich ausgeweint hatte, stand sie auf. Es war Abend, die Säule warf einen langen Schatten und die Halme in den Feldern wiegten sich leise im Abendwind. Die Frau nahm ihren Spinnrocken und wollte nach Hause gehen.

Plötzlich sah sie einen Mann mühsam die Straße heraufwanken. Er war mager und bleich, hatte einen langen Bart und stützte sich auf einen Stock. Die Frau dachte:

„Vielleicht weiß dieser Fremde etwas von meinem Mann. Ich will ihn fragen."

Sie trat auf den Fremden zu und wollte ihn fragen – aber die Worte kamen nicht über ihre Lippen. Sie sah den Mann an und er sah die Frau an – da erkannten sie einander und nach einer langen Pause, in der sich beide schweigend anstarrten, sprach seine Frau:

„O du Armer, wie geht es dir? Du bist krank! Komm nach Hause – ich werde dich pflegen, bis du gesund bist."

Der Mann stand einen Augenblick ganz still; dann umarmten sie sich heftig und küssten sich leidenschaftlich. Dann sagte er:

„Du Gute! Drei Jahre hast du auf mich gewartet und nun komme ich als Kranker zurück. Ich war verwundet, gefangen und lag zwei Jahre in Ketten. Immer dachte ich an dich! Endlich wurde ich befreit und bin gleich mit dem Kreuzheer nach Hause gezogen. Aber ich konnte nicht so schnell gehen und blieb zurück. Darum komme ich als Letzter. Sei nicht böse, dass ich dich so lange habe warten lassen!"

„Wie könnte ich dir böse sein? Komm jetzt mit mir und lass uns glücklich sein!"

Sie gingen nach Hause und nach wenigen Wochen war der Mann gesund. Mit dem ersparten Geld kaufte die Frau das Haus in der Stadt zurück. In dem kleinen Garten baute der Mann eine Pflanze an, die er aus dem Morgenland mitgebracht hatte, und die man in Wien noch nicht kannte. Es war Safran. Bald verbreitete sich in Wien die Nachricht, dass die Spinnerin am Kreuz ihren Mann wiederhatte. Alle freuten sich darüber und wünschten den beiden viel Glück.

Die Löwenbraut

Im sogenannten Neugebäude, einem Lust- und Jagdschloss, dessen Bau von Maximilian II. begonnen und von Rudolf II. im Jahre 1587 vollendet wurde, gab es auch eine Menagerie mit wilden Tieren. Die Menagerie war die Erste ihrer Art in Europa und wurde später unter Maria Theresia nach Schönbrunn verlegt, das Prachtstück unter den exotischen Wildtieren hier in Simmering war ein Löwe.

Als die kaiserliche Familie einst das Geburtstagsfest der kleinen Prinzessin feierte, da kam es zu einem denkwürdigen Vorfall. Viele Gäste waren geladen und amüsierten sich bei Musik und vielerlei Darbietungen; auch die kleine, vierjährige Tochter Berta des Tierwächters, als Schutzgeist Österreichs verkleidet, nahm am Fest teil. Als nun die Kanonen Salut schossen, die Trompeten schmetterten und die Gäste jubelten, da schritt zum großen Schreck aller Gäste der Löwe in majestätischer Haltung herein. Durch den Kanonendonner und den Jubel der Gäste war er aus seinem Käfig ausgebrochen, in den Garten gelaufen und heimlich in das Lustschloss gekommen. Von den vielen Menschen, den Kerzen, dem Funkeln in den Kristalllüstern und natürlich von den vielen Gerüchen angeregt, blieb er wie geblendet stehen und blickte staunend auf die Festlichkeit.

Schon standen die Wachen in der Tür und legten ihre Gewehre an, um das prächtige Tier zu erschießen, bevor es einem der Gäste oder gar der Kaiserfamilie etwas zu Leide tun konnte. Da trat die kleine Berta hervor, warf sich an den Hals des Löwen und bat mit weinerlicher Stimme, ihrem lieben Löwen doch nichts zu tun. Beide gingen sie nebeneinander her und verließen den Saal, ja, die kleine Berta schien den König der Tiere zu führen und brachte ihn wieder in seinen Käfig. Der Kaiser selbst sah diesem sonderbaren Schauspiel zu und war so tief beeindruckt, dass er der kleinen „Löwenbraut" den Löwen als Eigentum schenkte.

Berta wurde von nun an nur mehr die Löwenbraut genannt, und auch darauf soll der Kaiser persönlich bestanden haben. Täglich besuchte sie ihren Löwen und vertraute ihm alle Dinge an, die sie bewegten, und im Laufe der Jahre erzählte sie ihm eines Tages auch, dass sie sich verliebt hatte. Von da an wurden ihre Besuche bei dem Löwen weniger, und es kam der Tag, an dem Hochzeit gefeiert werden sollte. Gleich nach der Trauung sollte es in das Haus ihres Mannes gehen, und so kam Berta im Hochzeitskleid zum Löwen, um sich von ihm zu verabschieden. Sie ging zu ihm ins Gehege und schlang ihre Arme um seinen kuscheligen Hals, so wie sie es schon als Kind immer gern getan hatte. Da erschien ihr Bräutigam an der Käfigtür und wollte Berta holen; der Löwe verstand, wem er den Abschied von Berta zu verdanken hatte, brüllte laut auf und schlug mit der großen Pratze seine geliebte Berta tot. Dann legte er sich wieder hin und es schien fast, als wartete er darauf, von der Hand des weinenden Bräutigams erschossen zu werden.

Von der ersten Türkenbelagerung

Im Juli 1529 erreichte das türkische Heer unter Sultan Süleyman I. dem Prächtigen ungarischen Boden – mit dem Ziel, Wien zu erobern. Bei Hainburg drangen die Türken nach Österreich ein, am 17. September 1529 begannen die Leute mit der Flucht aus Wien, denn die Stadt war in einem schlechten Verteidigungszustand.

Hastig wurden die Stadtmauern verstärkt, die Holzdächer der Häuser abgenommen, die Zufahrtsstraßen unpassierbar gemacht und die kleinen Häuser der Vorstädte niedergebrannt, um dem Feind keine Deckungsmöglichkeiten zu geben. Aus der ganzen Umgebung wurden alle verfügbaren Lebensmittel in die Stadt geholt, um auch eine längere Belagerung überstehen zu können.

Schnell hatte sich herumgesprochen, dass ein Heer mit 150.000 Mann auf die Stadt zukam; die erste Vorhut war eine Gruppe mit 20.000 Reitern, die mordend und brennend vorrückten. Die Verteidigung Wiens hatte der tapfere Graf Niklas Salm, ein einundsiebzigjähriger Greis voll Jugendfeuer und kriegerischer Einsicht, über. Die Besatzung belief sich mit den bewaffneten Bürgen und Studenten auf 24.000 kampffähige Männer. Alle vertrauten fest auf Gott und waren zum Kampf bis aufs Äußerste entschlossen.

Am 26. September erschien der Rest des Heeres, das sich in einem weiten Bogen rings um die Stadt anlagerte. Solimans Zelt breitete sich, einer kleinen Stadt ähnlich, im heutigen Kaiserebersdorf aus. Achtzehn Tage dauerte die Belagerung Wiens, an denen neunzehn größere und kleinere Stürme mit Kraft und Mut abgewiesen wurden.

Die Türken hatten wohl viele Geschütze vor den Stadtmauern aufgebaut, aber unter ihren Kanonen waren wenige, welche für die Zerstörung von Mauern und Schanzen taugten. Die schwere Artillerie war den Türken in den sumpfigen Gegenden Ungarns steckengeblieben. Daher versuchten sie, durch unterirdische Gänge in die Stadt einzudringen oder Minen zu legen. Aber die Belagerten waren auf der Hut, und man lauschte in den Kellern auf jedes verdächtige Geräusch. In den Häusern nahe der Stadtmauer wurden Wasserbottiche aufgestellt.

Der sichtbare Wellenschlag des Wassers signalisierte die unterirdische Annäherung der Türken. Ein Trupp Tiroler Bergknappen entschärfte die Minen. Doch gelang ihnen ihre Arbeit nicht immer mit Erfolg, viermal explodierten Sprengminen unter der Stadtmauer und die Türken konnten eindringen. Schnell wurden diese Löcher von den tapferen Verteidigern wieder geschlossen.

Soliman bebte vor Wut, dass Wien, dessen Einnahme ihm so leicht geschildert worden war, so nachhaltig widerstand. Am 14. Oktober wurde von den Türken ein allgemeiner Sturm unternommen. Es war ein Donnerstag. Tags darauf, Freitag, an dem heiligen Tag der Mohammedaner, sollte die St.-Stephans-Kirche in eine Moschee umgewandelt sein. 600 Schiffe auf der Donau schafften Proviant und Munition heran.

Aber der Heldenmut der Wiener machte diese Hoffnung des Feindes zunichte. An der gefährlichsten Stelle, beim Kärntnertor, hatten die Bewohner der Stadt – geistliche und weltliche Würdenträger, Männer und Frauen, Greise und Knaben – in der Nacht vorher einen Wall von Pflastersteinen und Mauertrümmern aufgerichtet.

Der allgemeine Sturm begann mit der Explosion zweier Minen beim Kärntnertor und dauerte zwei Stunden. Die Stürmenden wurden zurückgeschlagen. Als sich der Feind nachmittags zu einem neuen Angriff anschickte, rief Salm seine Helden wieder zu den Waffen. Mit freudigem Mut folgten Bürger und Soldaten. Der Angriff war heftiger denn je, aber wieder erfolglos. Da gab der Sultan die Belagerung auf und zog noch an demselben Tag von der Stadt weg. Vorher aber ließ er alle Gefangenen, darunter an die tausend Frauen und Kinder, niederhauen oder ins Feuer werfen.

Wien war wie durch ein Wunder gerettet, mit ihm alle Länder, für welche ein weiteres Vordringen der Türken die furchtbarsten Folgen gehabt hätte. Groß war der Jubel Wiens, und im Dom zu St. Stephan wurde ein Dankesfest begangen.

Dem heldenmütigen Grafen Niklas von Salm war leider beim letzten Sturm ein Schenkel zerschmettert worden, er starb wenige Monate später an den Folgen dieser Wundverletzung.

Vom Wassermann

Wenn man den Wienfluss in seinem normalen Zustand sieht, dann gleicht er eher einem großen Bach, und wer die Wien nicht bei Hochwasser gesehen hat, der kann sich nicht recht vorstellen, dass dieser kleine Flusslauf zu den Wildwassern zählt. Durch starke Regenfälle kann die Wien auf eine 2000-fache Wassermenge anschwellen und besonders in den letzten Jahren des 19. Jahrhunderts verursachte sie viele Überschwemmungen und Katastrophen.

Besonders die Bewohner in diesen Überschwemmungsgebieten wissen sich viel über die Wien zu erzählen, und dazu gehören auch die Sagen über den Wassermann. Dieser soll schon seit langer Zeit als König in der Wien hausen und wird als kleine, etwas krumme Gestalt beschrieben.

Sein Gesicht sieht sehr blass aus, seine Augen liegen in tiefen Höhlen und seine spärlichen Haarsträhnen reichen bis zum Boden. Er trägt einen grauen Mantel, von dem unaufhörlich Wasser heruntertropft, einen Hut mit einem schwarzen Band und rote Röhrenstiefel mit roten Quasten. An regnerischen, nebeligen Tagen kann man ihn abends auf den Brettern der Wehranlagen sitzen sehen, den Blick stets zum Boden gesenkt. So lange der kleine Wassermann sich in der Wien befindet, kann der Fluss nicht austrocknen, aber auch dessen Tiefe kann nicht erforscht werden. Selbst im Jahr 1834, als in Wiens Vorstädten Wassernotstand herrschte, soll man noch vom Magdalenengrund, wo sich der Wassermann besonders gerne aufhält, Wasser in großer Menge weggeführt haben. Der Wassermann versucht jedoch, die Menschen durch beständiges Winken in seine Nähe zu locken. Wenn dann einer herangekommen ist, dann packt er ihn und zieht ihn mit ins Wasser. Am Grund des Flusses hat er nämlich mehrere Gemächer, in denen er wohnt und wo er die Seelen der Unglücklichen unter Glasgefäßen aufbewahrt. Jährlich holt sich der Wassermann mindestens ein Opfer; den Tieren aber, die zur Schwemme getrieben werden, wie Pferde, Ochsen, Schweine, denen tut er nichts zuleide.

Vor vielen Jahren geschah es an einem herrlichen Sommertag, dass ein junger Bursch, der nicht schwimmen konnte, zur Abkühlung ins Wasser ging. Er band sich mehrere aufgepustete Ochsenblasen um den Leib und meinte, damit nicht untergehen zu können. Doch es dauerte nicht lange, bis man ihn wanken und bald auch sinken sah, denn der Wassermann hatte ihn in seine Nähe gelockt und ihm heimlich einige Blasen gelöst.

Ein anderes Mal waren Kinder im Herbst an der Wien – sie führte bereits Hochwasser –, um an dem Wehr das herabgeschwemmte Holz zu sammeln. Gerade als sie wieder nach Hause gehen wollten, sah einer der Buben eine schöne Gerte auf dem Wasser schwimmen. Er lief den kleinen Abhang hinunter und wollte sie mit einer Stange an sich ziehen. Doch diese war zu kurz und da neigte er sich vor, aber unter seinen Füßen löste sich der Stein, auf dem er stand, und er stürzte ins Wasser. Die anderen Kinder hatten davon gar nichts mitbekommen. Erst als ein kleines Mädchen rief: „Schaut's her, da schwimmt einer!", sahen sie den im Wasser fuchtelnden Buben und konnten ihn unbeschadet ans Ufer zu ziehen.

Das Wassermännchen hatte ihn mit der Gerte gelockt und dann den Stein unter seinen Füßen losgemacht.

In den Ortschaften, die am früheren Linienwall – der Abwehranlage zum Schutz vor feindlichen Heereseinfällen – lagen, erzählt man sich ebenfalls vom Wassermännchen. Dieses lebt an der Stelle, wo das ehemalige Wehr lag, unterhalb der Schönbrunner Brücke, dort wo ein Schleusenhäuschen steht. Es hat ein graues Mäntelchen mit blauen Knöpfen und eine gelbe Hose an. Seine grünen, glänzenden Haare sind immer nass. Den Tag über schläft es in seinen unterirdischen Gemächern unter dem Fluss.

Nach dem Gebetläuten am Abend kommt es hervor und lauert seinen Opfern auf, zum Betläuten am Morgen verschwindet es wieder. Wenn nun ein Mensch in seine Nähe kommt, dann zieht es flink einen goldenen Kamm aus der linken Manteltasche und kämmt sich die Haare. Wenn es damit fertig ist, dann ist es schon um den Menschen geschehen, und nur durch blitzschnelle Reaktion kann der sich noch retten. Er muss nur schnell über die Geleise springen, dann hat der kleine Wassermann keine Macht mehr über ihn, sodass dieser vor Zorn ins Wasser taucht, dass die Wellen über ihn nur so zusammenspritzen.

Ein Kürschnermeister war als der beste Schwimmer in der ganzen Umgebung bekannt, er stammte aus Gaudenzdorf, einem früheren Vorort von Wien, der sich auf dem heutigen Gebiet von Meidling im 12. Bezirk befindet. An einem heißen Sommerabend ging dieser mit seinen zwei Gesellen nach dem Ave-Maria-Läuten an die Wien hinab, um zu baden. Während die Gesellen noch am Ausziehen waren, schwamm der Meister bereits im Wasser und zeigte seinen Gesellen allerlei Schwimmkünste. Auf einmal packte ihn das Wassermännchen beim Fuß, zog ihn zu sich unters Wasser und ersäufte ihn. Die Gesellen, die noch nackt am Ufer standen, liefen schnell davon und ließen ihre Kleidung liegen.

Im heutigen Meidling lebt allerdings noch ein weiterer Wassermann, und da Wassermänner immer alleine über ihr Reich regieren wollen, hat sich dieser in dem längst verlassenen Ziegelschlag angesiedelt, der immer mit Wasser gefüllt und an manchen Stellen sehr tief ist. Dieser Ziegelschlag gehörte früher zu dem Vorort Wilhelmsdorf. Damit die Leute aber nicht wissen, wo genau der Wassergeist dort seine Wohnung hat, zieht er all jene, welche sich in seine Nähe wagen, zu sich hinab und hält sie gefangen. Anders als der Wassermann im Fluss, der nämlich unter dem Wasser seine Wohnung hat, lebt er im See im dichten Schilf. Dieser besagte Wassermann zu Wilhelmsdorf wirbelt dort, wo er wohnt, Schlamm im Wasser auf, damit man nichts erkennen kann. So sind in diesem Wasser auch schon viele Badende ertrunken. In Vollmondnächten sitzt auch er gerne an der Wasserfläche und kämmt sich sein gelbes, langes Haar mit einem ungeheuer großen Kamm. Sein Mantel reicht ihm bis zu den Fersen, und manchmal sieht man ihn auch auf den benachbarten Wiesen spazieren gehen. Seinen Nachbarn fügt er übrigens keinen Schaden zu, er verkündet ihnen nur mit durchdringendem Winseln den Tod eines ihrer Nachbarn oder zeigt ihnen durch einen schauerlichen Wind an, dass jemand im Wasser ertrunken ist.

Kaiser Franz I. als Führer im Park

Im Schönbrunner Park im 13. Bezirk befindet sich ein großer Tiergarten. Als einmal zur Zeit von Kaiser Franz I. viele neue Tiere aus Brasilien in den Tiergarten gebracht worden waren, fanden sich viele Besucher ein. Unter diesen war auch ein General, der kam, um die neuen

Tiere zu sehen, doch hatte er so seine Probleme mit der Orientierung und er konnte sich im Park nicht zurechtfinden. Da sah er bei einem Blumenbeet einen Mann in gebückter Haltung arbeiten. In der Meinung, dass das ein Gärtner sei, ging er auf ihn zu, klopfte ihm auf die Schulter und sprach:

„Hier haben Sie einen Zwanziger, zeigen Sie mir doch den Weg zum Tiergarten!"

Der Mann nickte mit dem Kopf, nahm das Geld und führte ihn auf den rechten Weg. Unterwegs schaute sich der General den ihn führenden Bediensteten etwas genauer an und fuhr auf einmal heftig zusammen. Er hatte nämlich erkannt, dass es der Kaiser persönlich war, der ihn führte, und nun geriet er ins Stottern. Doch Kaiser Franz I. beruhigte ihn und sprach:

„Das macht nichts, lieber General. Ich will Ihnen recht gern den Weg zeigen; aber Ihren Zwanziger bekommen Sie nicht wieder. Das ist das erste Geld, das ich mir mit diesen Tieren verdient habe."

Die Lichtsäule der Penzinger Kirche

Im Jahr 1683, während der zweiten Wiener Türkenbelagerung, irrte ein kleiner Junge durch das zerstörte Penzing. Er wollte in den Trümmern seines zerstörten Elternhauses nach brauchbaren Habseligkeiten suchen. Plötzlich nahten türkische Reiter. Wie ein gehetztes Wild sprang der Knabe auf und suchte ein Versteck. Er lief, von panischer Angst gejagt, an der zerstörten Kirche vorbei und völlig außer Atem erreichte er gerade noch die Lichtsäule. Dort entdeckt er die rettende – tatsächlich nur etwa 25 cm breite – Öffnung, die in das Innere des hohlen Säulenschaftes führte. Blitzschnell sprang der Knabe zur Säule und zwängte seinen schlanken Körper durch die Öffnung in die Säule – er war gerettet! Die Verfolger kamen mit ihren Rössern herangesprengt und suchten vergebens das Trümmerfeld der zerstörten Kirche ab. Fluchend ritten sie nun davon, denn sie hatten nichts mehr gefunden, was es zu rauben oder zu töten gab. Erst nach vielen, langen Stunden traute sich der Bub im Schutz der Dunkelheit wieder aus seinem Versteck heraus.

Noch heute steht in Penzing diese spätgotische Lichtsäule, welche zum Wahrzeichen der Katastralgemeinde wurde.

Von der zweiten Türkenbelagerung oder wie es zum ersten Kaffeehaus kam

Die zweite Wiener Türkenbelagerung fand vom 14. Juli bis 12. September 1683 statt. Am 14. Juli erreichten die Osmanen Wien und schlossen es von Süden, Westen und Norden ein. Am 17. Juli des gleichen Jahres fiel die Leopoldstadt in die Hände der Angreifer. Sobald sich diese dort festgesetzt hatten, erfuhr die Vorstadt dasselbe Schicksal, welches die übrigen Außenbezirke getroffen hatte: Kirchen und schöne Häuser wurden in Schutthaufen verwandelt, die schönsten Gärten verwüstet.

Nun bildete die Leopoldstadt für die Türken einen günstigen Punkt, von welchem aus sie die Stadt mit ihren Geschützen beschießen und wo sie Laufgräben anlegen konnten.

Am 21. Juli beschoss der Feind die Stadt von der Leopoldstadt aus besonders heftig, erst bei Nacht ruhten die Geschütze. Nun brachte ein Reiter des Götzschen Regimentes, von Enzersdorf kommend, die Nachricht, dass man von dem Herzog von Lothringen schnelle Hilfe zu erwarten habe.

Am 2. August wurden in Nussdorf und Klosterneuburg von den Türken alle Schiffe und Flöße losgemacht, sodass sich diese vor den Bruchstücken der abgetragenen Schlagbrücke anhäuften und man darüber zum anderen Flussufer gehen konnte. Die aus der Leopoldstadt nach Wien geflohenen Schiffer bekamen den Befehl, diese künstliche Brücke in der Nacht abzubauen, was ihnen trotz des heftigen Feuers der Türken gelang.

Einem Bürger, der beim Herannahen des Feindes aus der Leopoldstadt in die Stadt geflohen war, ging diese Tat der zuverlässigen Schiffer so zu Herzen, dass er sich vornahm, der Stadt ebenfalls durch heldenmütige Aufopferung zu dienen.

Der gebürtige Pole Kolschitzky besaß ausreichende türkische Sprachkenntnisse, da er ehemals Dolmetscher bei der orientalischen Kompanie gewesen war. Er bot sich dem Stadtkommandanten als Kundschafter an. Sein Vorschlag wurde bereitwillig angenommen, und Kolschitzky unternahm in Begleitung seines Dieners Michalovitz, der ebenfalls Sprache und Sitten der Türken kannte, am 6. August nachts zwischen 10 und 11 Uhr, in türkische Kleidung gehüllt und mit Briefen an den Herzog von Lothringen versehen, seinen ersten schweren Gang durch das Lager der Feinde.

Graf Guido von Starhemberg, der Adjutant des Stadtkommandanten, begleitete den mutigen Wiener Bürger durch das Schottentor bis zu den Palisaden hinaus und gab ihm einige gute Ratschläge. Schließlich verabschiedete er sich von Kolschitzky mit dem Wunsch, dass die wichtige Sendung zum Wohl der Stadt Wien nun gelingen möge.

Als sie durch die feindlichen Linien aufbrachen, begann ein heftiges Gewitter, und so konnten sie ungesehen bis zum Lazarett in der Währinger Straße gelangen, wo sich schon das türkische Lager befand. Dort erwarteten sie unter einem Baum den nächsten Tag, an dem sie unerschrocken durch das feindliche Lager weitergingen. Um ja keinen Verdacht bei den Feinden zu erregen, sangen sie sogar türkische Lieder. Ein türkischer Befehlshaber bedauerte die beiden wegen ihrer nassen Kleidung und lud sie zum Kaffee in sein Zelt ein, wo sie im Gespräch angaben, Belgrader Kaufleute zu sein, die den Türken Lebensmittel lieferten. Nun strebten die beiden dem Kahlenbergerdorf zu. Mit einem Boot überquerten sie die Donau und gingen rasch ins kaiserliche Lager, welches zwischen Angern und Stillfried stand. Dort wurden Kolschitzky und sein Diener sehr freundlich aufgenommen und reichlich bewirtet. Der Herzog von Lothringen nahm die Briefe entgegen und versprach, bis zum nächsten Morgen ein Antwortschreiben zu verfassen.

Mit Signalraketen meldeten Offiziere Kolschitzkys glückliche Ankunft im kaiserlichen Lager, und bald folgte auch vom Stephansturm eine mächtige Leuchtrakete als Antwort.

Am frühen Morgen des 17. August wurde ihm ein Schreiben des Herzogs von Lothringen mitgegeben, welches den Trost enthielt, dass die Hilfstruppen täglich näher anrückten, Pressburg von den Österreichern erobert und ein doppelter Sieg über Tököly erfolgt sei. Die zwei Tapferen traten den Rückweg an, wären aber bald in die Hände der Feinde geraten. In Nussdorf krochen sie – teils aus Besorgnis, von den türkischen Posten entdeckt zu werden, teils wegen des heftigen Regenwetters – in einen Keller, wo Kolschitzky aufgrund großer Ermüdung einschlief, während Michalovitz Wache hielt. Doch nach kurzem Schlaf erwachte er wieder und sie berieten, wie sie nun weitergehen sollten. Gerade in diesem Augenblick kam ein türkischer Soldat die Stiege herunter, kehrte jedoch um, als er ihre Stimmen hörte, damit er nicht in einem Weinkeller gesehen werde. Darüber waren die beiden geängstigten Flüchtlinge natürlich herzlich froh. Sie brachen wieder auf und gelangten glücklich nach Wien, wo sie mit Freude empfangen wurden. Ihre glückliche Ankunft wurde der Armee jenseits der Donau wieder durch Leuchtraketen angezeigt.

Am 11. September um Mitternacht waren die alliierten Truppen der Christen auf dem Kahlenberg angekommen und stiegen mit der Morgenröte am östlichen Abhang den Berg hinunter. Die Schlacht begann nun auf dem linken Flügel. Bei Nussdorf, bei Dornbach und auf der heute noch sichtbaren Türkenschanze bei Weinhaus war der Kampf am hartnäckigsten. Endlich wichen die Türken von allen Punkten zurück. Gegen 5 Uhr abends drangen die ersten Truppen bis in die Rossau vor, und eine halbe Stunde später auch in das feindliche Lager. Nun folgte eine überstürzte Flucht der Belagerer, der Großwesir rettete mit knapper Not die Fahne des Propheten. Weiter ging es in wilder Flucht bis Raab, wo sich das geschlagene Heer wieder sammelte.

Der Jubel in Wien war unbeschreiblich groß. Graf Rüdiger Starhemberg wurde zum Feldmarschall erhoben, mit einem kostbaren Ring und hunderttausend Reichstalern beschenkt, auch erhielt er den Stephansturm in sein Wappen. Dem wackeren Kolschitzky wurden die im Lager erbeuteten Kaffeevorräte als Eigentum zugesprochen und er erhielt die Erlaubnis, das erste Kaffeehaus in Wien zu errichten.

Auch der Stadtrat war diesen Männern dankbar. Starhembergs Haus in der Stadt wurde von allen Abgaben befreit, Generäle und Offiziere wurden ebenfalls mit Geschenken reich bedacht und Kolschitzky erhielt das Haus Nr. 30 in der Leopoldstadt zum Geschenk.

Unter den Verteidigern der Stadt befand sich auch Bischof Kollonitz, welcher eine wahrhaft segensreiche Tätigkeit übernahm. Er war freiwillig von seinem

Bischofssitz Wiener Neustadt herbeigeeilt, um Wien in der Zeit der Not beizustehen. Während der Kommandant der Stadt die Verteidigung derselben überwachte, nahm sich der edle Bischof der armen Kranken und Verwundeten an und sorgte dafür, dass in den Spitälern alles getan wurde, was deren Leiden mildern konnte. Täglich besuchte er die Spitäler selbst und sprach den Verwundeten und Sterbenden Worte des Trostes zu. Als endlich die schwere Prüfungszeit für Wien vorüber war, nahm er mehrere hundert Waisenkinder, deren Eltern die Türken getötet oder verschleppt hatten, zu sich und ließ sie auf seine eigenen Kosten erziehen und unterrichten.

In der Zwischenzeit wartete der Sultan in Belgrad gespannt auf die Nachricht von der Einnahme Wiens, doch niemand brachte zuerst den Mut auf, ihm von der Niederlage seines Heeres zu berichten. Als endlich einer seiner Günstlinge die undankbare Aufgabe dieser Mitteilung übernahm, wollte der Sultan in seiner Wut alle Christen im Osmanischen Reich töten lassen. Nach seiner Beruhigung nahm er den grausamen Befehl jedoch wieder zurück, mit dessen Ausführung seine Untergebenen zum Glück für die Christen gezögert hatten.

Kara Mustafa hingegen, der die zweite Türkenbelagerung Wiens leitete, wurde nach der verlorenen Schlacht am Kahlenberg auf Befehl Sultan Mehmeds IV. mit einer Seidenschnur erdrosselt.

Die Weiße Frau in Hernals

Der Weinhüter Christian Sündbock aus Hernals lebte mit seiner Frau und seiner kleinen Tochter Adelgunde auf einem Anwesen am Ufer der Als. Was die Tochter aber nicht wusste, war, dass sie nicht bei ihren leiblichen Eltern lebte, und so manch einer aus dem Dorf darüber munkelte. Als sie zu einer jungen Frau geworden war, da verliebte sie sich in den Junglehrer Peter Reimandl, der von Wien hergezogen war, und dieser liebte sie ebenfalls.

Oft saßen die beiden im Garten beieinander und malten sich ihre gemeinsame Zukunft aus. Eines Abends fragte sie Peter, der auch davon gehörte hatte, dass ihr leiblicher Vater nicht der besagte Weinhauer war:

„Und wenn du nun nicht ein einfaches Mädchen wärst, sondern eine, die in Samt und Seide durchs Leben geht, würdest du mich dann wohl auch lieben?"

„Was ist das für eine komische Frage", antwortete sie, „ich kann dir nur sagen, dass ich immer zu dir halten werde, ganz gleich, welche Kleider ich tragen werde."

Im Laufe der Zeit verbreitete sich im Dorf, dass die Gundl heiraten wollte, und an einem schönen Tag hielt ein vornehmer Wagen vor dem Haus des Weinhüters. Ein vornehmer Herr stieg aus, zwei Diener öffneten ihm die Tür und er betrat das Haus der Sündbocks. Es war der Graf von Stolzenberg, der kam, um seine Tochter Adelgunde zu holen. Als die junge Frau nun von ihren leiblichen Eltern erfuhr und dass ihr bisheriges Leben eine einzige Lüge gewesen war, da stürzte für sie eine Welt ein. Sie wollte so weiterleben wie bisher, denn sie war glücklich gewesen, und als der Graf sie zum Gehen aufforderte umklammerte sie die Mutter und rief:

„Die rechten Eltern seid ihr und darum bleibe ich!"

„Das werden wir ja sehen", rief der Graf erzürnt, „vergiss nicht, dass du die Tochter des Grafen von Stolzenberg bist! Ich gab dich her, damit du hier etwas lernen konntest, was wir dich nicht lehren konnten – die Bauernschläue! Aber ich will dir Zeit geben, dich an den neuen Gedanken zu gewöhnen, dass du zum Adel gehörst und von nun an ein anderes Leben führen wirst, in das du dich bald eingewöhnen wirst. Auch will ich dich heute hier lassen, sodass du in Ruhe Abschied von deinem alten Leben nehmen kannst."

„Ich werde hier bleiben", wiederholte Gundl, „eher werden am Karfreitag die Glocken läuten, als dass ich meine lieben Eltern verlassen und vergessen werde."

So durfte Gundl noch bis Ostern bei ihren Zieheltern bleiben, und als dann die Karwoche anbrach, brach auch eine traurige Zeit für die junge Frau an. Ihr Peter hatte in diesen Tagen besonders viel zu tun – er war in Kirche und Gemeinde sehr beschäftigt – und sie sah ihn erst am Gründonnerstag im Kirchenchor. Danach verließ sie das Haus nicht mehr und wurde auch von niemandem mehr gesehen.

In der Nacht zum Karfreitag begann um Mitternacht plötzlich die Glocke von St. Bartholomä zu läuten. Die Hernalser stürzten vor Schrecken auf die Straße und der Mesner lief schon zum Turm hinauf, indem er zwei Stufen auf einmal nahm. Als er angekommen war, da sah er eine weiße Gestalt die Stränge ziehen und mit dem zwölften Glockenschlag war die weiße Erscheinung wieder verschwunden.

Am Ostersonntag aber wurde bei der St.-Johannes-Kapelle in Siechenals die Leiche eines Mädchens angeschwemmt. Es war Adelgunde, die keinen anderen Ausweg mehr gesehen hatte.

Von nun an wurden in der Nacht auf den Karfreitag jedes Jahr vom Turm der Bartholomäuskirche drei Glockenschläge gehört. Erst als man die Kirche abtragen ließ, fand der Spuk ein Ende. Peter Reimandl aber ließ sich als Soldat anwerben und zog in den Kampf gegen die Türken – man hat von ihm nichts mehr gehört.

Von der Pest in Wien

Bevor die „große Pest“ sich im Jahr 1679 ausbreitete, gab es einige verschiedene Vorboten. Die Weinhauer in ihren Weingärten um Wien herum schwuren, dass im vorherigen Herbst in den Nächten öfter unheimliche Phänomene am Himmel über der Stadt Wien gesehen worden waren. Sie konnten das Gesehene zwar nicht deuten, aber es handelte sich wohl um ungewöhnliche Irrlichter und um einen großen Glanz in der Luft. Es sah ganz so aus, als wenn sich der Himmel auftäte und gespalten würde.

Auch ein bereits Infizierter hatte kurz vor seinem Ende ein merkwürdiges Erlebnis. Er ging in einer Mondnacht, die so hell war, dass er mühelos im Schein hätte lesen können, von Hernals in die Stadt. Als er auf den Feldern außerhalb von Hernals war, da hörte er ganz in der Nähe einen klaren und deutlichen Gesang, es war das „Placebo Domino“, das mittelalterliche „Ich werde dem Herrn gefallen“ vom Anfang jeder Totenmesse. Er blieb stehen und glaubte, nicht richtig zu hören und dass er sich etwas eingebildet hätte, aber da hörte er alles ganz genau, sodass ihm kein Zweifel mehr blieb. Und genau in diesem Areal wurde später eine Pestgrube angelegt und sehr viele der infizierten Toten wurden dort begraben.

Als dann die Pest in der Stadt wütete, da wohnten in einem Haus, nahe beim Allgemeinen Krankenhaus, drei Schwestern.

Diese hörten von dem Gerücht, dass der Teufel zu jeder Mitternacht mit den Toten des Krankenhauses zum Friedhof in Währing fahre. Eine jede brannte nun vor Neugierde, einmal den Teufel zu sehen, der so dicht bei ihnen jede Nacht vorbeifuhr, und schließlich hatten sie von ihren Gemächern die beste Aussicht auf die Szenerie. So blieben sie in der Nacht auf und hörten um

Punkt Mitternacht ein furchtbares Wagengerassel und unaufhörliches Peitschenknallen.

Die Jüngste der Schwestern steckte mutig ihren Kopf zum Fenster hinaus und sah einen schwarzen Wagen heransausen, der von sechs schwarzen Rössern gezogen wurde. Ein schwarzer Kutscher saß auf dem Bock und knallte heftig mit seiner langen Peitsche. Als sie nahe an dem Haus vorbeirollte, da gab der Teufel dem Mädchen eine solche Ohrfeige, dass es versteinert wurde. Diesen menschenähnlichen Stein hat man lange noch gesehen.

Im St.-Stephans-Turm wird täglich, morgens und abends, das „Brunglöcklein" geläutet. Diese kleine Glocke wurde von einer frommen Frau gespendet, die gelobt hatte, wenn die schreckliche Krankheit, die „Brun" oder „Bräune", aufhören würde, ein silbernes Glöcklein anfertigen zu lassen. Zum dankbaren Gedächtnis sollte es zweimal am Tag geläutet werden. Mit der Stunde ihres Versprechens hörte die Krankheit auf zu wüten, und die fromme Frau hielt ihr Versprechen.

Ein Augustinerpater, der den Mesnerdienst übernommen hatte, erlebte am 4. Juni 1726, als er mit einem Frater von einem kranken Pagen aus dem Krankenhaus kam, etwas sehr Eigenartiges. Sie gingen durch die Kirche, und als sie bei der Loretokapelle vorbeikamen, da hörten sie, wie das Glöckchen in dieser Kapelle, mit dem man sonst den Musikern ihr Zeichen gibt, von selber anfing zu läuten. Und es läutete noch dazu mehrmals hintereinander, so laut und so stark, dass es auch von einem Frater bis in die Sakristei gehört wurde, worüber beide erschrocken forteilten.

Ob das ein Anzeichen war, das weiß man nicht. Doch bald darauf starb der gnädige Herr Baron von Thavonath, welcher in der Loretokapelle seine Gruft hatte.

Ebenso merkwürdig ist, dass man am 5. September 1723 zwischen elf und zwölf Uhr nachts hinter den geschlossenen Kirchentüren Orgelmusik hörte. Und diese Orgelmusik kam nicht von menschlicher Hand und wurde von den Bediensteten des Herrn von Graf Zinzendorff im Nachbarhaus gehört. Auch eine vorbeigehende Soldatenrunde vernahm ganz deutlich die beschriebene Orgelmusik zur Geisterstunde.

Der Bärenhäuter

In der Schlacht bei Warna 1444 hatten die Türken fast das ganze Heer der Christen aufgerieben. Unter den wenigen, die das blutige Gemetzel überstanden hatten, war auch der Landsknecht Georg Thalhammer. Er war in einen nahen Wald geflüchtet und hatte sich im dornigen Gebüsch versteckt, wo er sich für eine kurze Zeit erholen konnte. Unzählige Gedanken schossen ihm durch den Kopf, die sich alle darum drehten, wie er am besten überleben könnte, doch seine Lage schien schlechter als ausweglos zu sein.

Da hörte er ein leises Geräusch vor sich, und beim genaueren Hinsehen erkannte er schemenhaft einen hageren Mann mit markanter Hakennase und stechenden Augen. Georg Thalhammer zog automatisch seine Waffe, um den Feind abzuwehren, der Fremde sprach ihn aber in seiner Sprache an:

„Ich bin nicht hier, um mit dir zu kämpfen – ganz im Gegenteil! Ich kann dir sogar helfen, wieder in deine Heimat zu kommen und möchte dir meine Dienste anbieten. Also steck dein Schwert wieder weg und sage mir, wohin ich dich bringen kann; ich bekomme für diesen Dienst lediglich deine Seele dafür."

Der Landsknecht wäre nur zu gerne aus seiner misslichen Lage befreit gewesen, aber seine Seele dafür hergeben, das wollte er beileibe nicht. Der Teufel versuchte den jungen Mann noch eine Weile mit schönen Worten zu überreden, doch musste er bald erkennen, dass er so nicht weiterkomme und schlug deshalb einen neuen Handel vor:

„Also gut, dann schlage ich dir etwas anderes vor. Wie dir sicherlich bekannt sein dürfte, mag ich den Geruch von Wasser und Seife nicht und ziehe ungewaschene Leiber vor. Was hältst du davon, wenn du dich zum Dank für meine Hilfe drei Jahre lang weder wäschst noch kämmst noch den Dreck abwischst oder die Kleider wechselst und dir natürlich auch nicht Haare und Nägel schneidest? Solltest du dagegen aber verstoßen, gehört mir deine Seele – nun, was sagst du dazu, ist das ein fairer Handel?"

Nachdem der Landsknecht immer noch nicht ja gesagt hatte, fuhr er schnell fort:

„Um dein leibliches Wohl brauchst du dich während dieser Zeit nicht zu sorgen, denn Essen und Getränke werde ich dir reichlich zur Verfügung stellen, und du kannst dabei tun und lassen, was du willst."

Da man als Soldat auch nicht gerade zimperlich sein darf, fand der Georg das Angebot gar nicht so schlecht, und schließlich würden drei Jahre schnell vergangen sein. Der Pakt wurde besiegelt und im nächsten Moment befand sich Thalhammer auch schon wieder in Wien. Nur wenige Minuten vorher hatte der Teufel noch schnell einen Bären gefangen und getötet, ihm die Haut abgezogen und den neuen Vertragspartner in die Bärenhaut gesteckt.

Thalhammer hielt sich konsequent an die Abmachung, ging nicht baden und kämmte sich nicht, wobei er Haare und Bart wild wachsen ließ; und natürlich zog er auch die Bärenhaut nicht aus. Nach einigen Wochen schien der Mensch mit seiner Bärenhaut verwachsen zu sein und war eine ekelerregende Kreatur, die entsetzlich stank. Jeder machte einen weiten Bogen um ihn oder hielt, wenn es gar nicht anders ging, die Luft an, wenn er vorbeiging. Die Kinder schrien schon von Weitem einander zu:

„Der Bärenhäuter, der Bärenhäuter kommt!“, und liefen kreischend davon.

Die ersten Wochen schienen dem Landsknecht fast unerträglich, dann aber kam der Punkt, da hatte sich sein Körper daran gewöhnt, nicht mehr gewaschen zu werden und er selber hatte sich auch an den stechenden, beißenden Gestank gewöhnt, den er verbreitete. Da er vom Teufel auch Geld zum Leben bekam, konnte er sich getrost eine Hütte in der Vorstadt mieten und sich die besten Lebensmittel leisten.

Die Leute konnten sich diese komische Lebensweise nicht erklären, und mit der Zeit kam er in den Ruf, ein Magier und Wahrsager zu sein, und so strömten die Menschen herbei, um sich von ihm Rat und Beistand zu holen.

Der Teufel erkannte nach einem Jahr, dass er diese Seele wohl nicht auf die gewohnte Art und Weise bekommen würde und überlegte sich eine neue List. Als der Landsknecht nur mehr ein halbes Jahr „offen“ hatte, tauchte er eines Tages unvermutet bei dem Bärenhäuter auf und machte ihm ein Angebot. Er würde ihm den Rest der Zeit erlassen, wenn er sich darauf einließe, eine Aufgabe zu erfüllen.

„Schon bald wird ein reicher Wiener Bürger zu dir kommen, um sich deinen Rat in Familienangelegenheiten zu holen. Diesen darfst du ihm aber nur geben, wenn er dir dafür eine seiner drei Töchter zur Frau gibt.“

Der Bärenhäuter ging darauf ein und bekam sogar noch einen hohen Geldbetrag zur Verfügung gestellt, mit dem er den geizigen Bürger reizen könne.

Und wirklich, gleich am nächsten Tag kam der Besuch aus der Stadt und wollte gegen Bezahlung den guten Rat des Bärenhäuters. Doch dieser ging nach den Weisungen des Teufels vor und sagte:

„Ich will dir gern aus deinen Problemen helfen, aber Geld habe ich so viel, dass ich dir damit aushelfen könnte. Nein, ich möchte eine andere Gegenleistung dafür – ich will eine deiner Töchter zur Frau!“

Dem Wiener verschlug es die Sprache, und das aus mehreren Gründen. Der eine war der abstoßende Gestank – ganz abgesehen vom widerlichen Aussehen des Bärenhäuters –, zum anderen war er überrascht, woher dieser Mensch, der eher einem Tier glich, so viel Geld hatte. Letztendlich überwog seine Gier nach Geld und er sagte dem grausigen Bärenhäuter jene Tochter zu, die ihn freiwillig zum Mann nehmen würde.

Das nahm der Bärenhäuter an und gab dem Bürger die Antwort auf seine Frage. Gleich am nächsten Tag kam er zu dem Wiener in die Stadt und zeigte sich den drei Töchtern, die ihn vor Ekel fast nicht anschauen konnten. Die beiden älteren Mädchen erklärten, dass sie diesen Menschen, sofern er denn einer sei, nicht heiraten würden und könnten, da sie von seinem Anblick Brechreiz bekamen. Der Vater redete nun so lange auf die jüngste Tochter ein, bis sich diese erweichen ließ und zustimmte. Der Bund der Ehe sollte noch in diesem Monat geschlossen werden.

Im Haus der Braut wurden die wichtigsten Vorbereitungen zur Hochzeit getroffen, auch wenn es keine glückliche Braut gab. Beim Bärenhäuter kam jedoch der „Meister Urian“, wie früher der Teufel auch genannt wurde, und geleitete den Thalhammer mit seinem abstoßenden Äußeren zu einem Bach, wo er ihn wusch und danach mit duftenden Lotionen einrieb. Dann gab er ihm die Anweisung, sich in der Stadt einen edlen Anzug sowie Pferd und Wagen zu kaufen und eine Dienerschaft anzustellen. In diesem Aufputz sollte er dann vor dem Haus der Braut vorfahren und sie vor den Altar führen. Und Thalhammer tat, wie ihm gesagt worden war und erregte großes Aufsehen, als er vor dem Haus seiner Braut vorfuhr. Niemand erkannte in dem eleganten und gutaussehenden Herrn den Bärenhäuter, und am Anfang wollten alle Beteiligten ihren Augen nicht trauen. Die Braut war zu Tränen gerührt und legte schnell ihr Riechfläschchen zur Seite, das sie nun nicht mehr brauchte, während die beiden älteren Schwestern neidisch schauten. Kurze Zeit später – der Teufel tat freilich noch einiges dazu – beendeten beide ihr Leben, und der Teufel erhielt so nicht nur eine, sondern gleich zwei Seelen. Der ehemalige Bärenhäuter Georg Thalhammer aber lebte mit seiner Frau noch lange glücklich zusammen und gelangte in den Besitz von zwei Häusern. Das waren die Apotheke am Lugeck, die ihm zu Ehren „Zum schwarzen Bären" genannt wurde, und das Gasthaus „Wilder Mann" an der Währingerstraße im gleichnamigen Bezirk.

Der Teufel im Krapfenwaldl

In der Faschingszeit ging einmal ein Handwerksbursche durch den Wald in Döbling, im heutigen 19. Wiener Bezirk. Da bekam er ganz furchtbaren Appetit auf Faschingskrapfen und sprach zu sich selber:

„Was tät' ich jetzt nicht alles für eine Schüssel voll Krapfen geben, meine Seele würd' ich dafür hergeben ..."

Da stand auch schon eine volle Schüssel vor ihm und er erschrak heftig darüber. Doch traute er sich nicht, ein Gebäckstück davon zu nehmen und ging lieber weiter seines Weges. Nun begegnete ihm ein kleines, schwarzes Männlein. Dieses trug eine Schüssel mit hoch aufgetürmten Krapfen darauf, die dufteten einfach köstlich, und weil der Bursch wieder nur schaute und nicht zugriff, sprach das kleine, schwarze Männlein in strengem Ton:

„Eben hast du noch gesagt, du willst deine Seele für ein paar Krapfen hergeben. Jetzt bring' ich sie dir und du, du nimmst dir keinen. Was denkst du eigentlich, wen du hier vor dir hast?!"

„Na, der Teufel bist du sicher nicht, du bist ja so klein, dass du nicht einmal hinter den Krapfen hervorschaust!"

„Ha, das wäre ja noch schöner", plusterte sich der Schwarze auf, „was soll ich dir noch bringen, damit du endlich verstehst, wen du hier vor dir hast?"

„Tja, da fällt mir ein, du könntest es mir natürlich beweisen, wenn du es schaffst, so groß wie ein Riese zu werden und so klein wie eine Eichel!"

Und das Männlein verwandelte sich sofort in einen Riesen und danach wie gewünscht in eine Eichel. Da nahm der Bursche schnell die Eichel und steckte sie in ein Säckchen. Als er in Grinzing bei einer Schmiede vorbeikam, nahm er den schweren Hammer und klopfte so lange auf die Eichel, bis das Männlein jämmerlich weinend versprach, nicht nach seiner Seele zu fordern. Seit diesem Vorfall nennt man jenes Wäldchen „Krapfenwaldl".

Der Lindwurm vom Kahlenberg

Auf dem Kahlenberg im heutigen Döbling hauste im 12. Jahrhundert ein grimmiger Lindwurm, den niemand im Kampf zu töten wagte. Schon in jener Zeit erkannte mancher Wiener, dass man von diesem Ort eine besonders schöne Aussicht hat, und so ist es auch nicht weiter verwunderlich, dass sich ein Städter hier ein Haus bauen wollte. Er stellte mehrere Leute an, die für ihn Steine brechen mussten. Als diese bei der Arbeit waren und sich nach gutem Stein umsahen, da entdeckten sie einen Drachen mit zwei kleinen Flügeln. Er lag direkt vor seiner Höhle und war wohl nur herausgekommen, um sich in der Sonne zu wärmen; jetzt schien er – seinem Schnarchen nach – auf jeden Fall zu schlafen. Entsetzt liefen sie zurück und meldeten ihrem Bauherrn den Fund.

Der Wiener war nicht dumm und dachte bei sich: „Wenn ich den Drachen jetzt mit den beiden Helfern nicht erlege, dann wird er mir das Leben hier zur Hölle machen. Entweder ich lasse mir was einfallen und beseitige den Lindwurm oder ich brauche mir hier kein Haus zu bauen."

Er blickte sich um und sah einen festen, länglichen Kasten, der vorne und hinten offen war, und schon hatte er eine Idee. Die Männer ließen diesen Kasten vor die Höhlenöffnung des Drachens hinab, so dass der Lindwurm nur herauskonnte, wenn er sich durch die Öffnung zwang. Damit er dazu auch einen Anreiz hatte, banden sie vor die hintere Öffnung ein lebendes Kalb. Mit diesem Köder sollte nun der Drache herausgelockt werden – und wirklich, kaum hatten sie sich wieder in Sicherheit gebracht, da schoss der Lindwurm heraus und blieb wie geplant mit seinem Leib in dem Kasten stecken, während der Kopf vorne herausschaute. Hinten ließen sie einen schweren Schiebdeckel fallen, sodass das Ungeheuer weder vor noch zurück konnte. Um dem Untier nicht zu viel Zeit zu lassen, um sich vielleicht dennoch zu befreien, liefen sie schnell den Abhang über der Drachenhöhle hinauf und wälzten schwere Steine hinunter, mit denen sie den Drachen in der Falle überhäuften. Danach sammelten sie Holz und alte Lumpen und zündeten ein riesiges Feuer an, so dass das Tier ersticken musste. Als sie sicher waren, dass der Lindwurm nicht mehr am Leben war, gruben sie ihn wieder aus und zogen ihm die Haut ab. Nach der Fertigstellung des

Hauses hängte der Wiener die Drachenhaut als Schild an sein neues Haus. Dort hing sie viele Jahre und viele Leute zogen an dem Haus vorüber, um sie zu bestaunen.

Die „Gnad' Gottes" am Kahlenberg

Vor vielen Jahrhunderten kam ein Ausländer in die Gegend von Wien, und weil ihm der Kahlenberg und der Leopoldsberg, wie wir sie heute nennen, so gut gefielen, ließ er sich hier nieder. Dazu die Weingärten und der rauschende Fluss – das war das, wovon er sein ganzes Leben als Bergmann geträumt hatte. So baute er sich ein kleines Haus am Hang des Berges und lebte mit seiner jungen Frau, mit der er erst seit kurzem verheiratet war, glücklich und zufrieden.

Als nun alles fertig war und er sich ein paar Wochen ausgeruht hatte, da war dieses Leben auch nicht so ganz nach seinem Geschmack und er wollte spaßeshalber wieder seiner alten Arbeit nachgehen. Von nun an verfolgte ihn der Gedanke, wo man am besten einen Stollen graben könnte und wohl auf Erze stoßen würde. Er fing an, den Kahlenberg zu begehen und nach Zeichen zu suchen, wo sich ein Abbau vielleicht lohnen würde. Da bemerkte er eines Tages einen kleinen Vogel, der immer wieder zur gleichen Stelle ins Gebüsch flog, und er schaute nach, was dort wohl wäre – er fand aber lediglich ein leeres Vogelnest. Dennoch wollte er das als Zeichen ansehen und gab dem Ort den Namen „die Gnade Gottes".

Und so begann er die harte Arbeit und fing an zu graben, dass ihm die Hände weh taten. Die Wochen vergingen wie im Flug, aber er hatte noch nichts Lohnendes aus der Erde befördert. Seine Frau riet ihm diese sinnlose Arbeit doch sein zu lassen, aber er glaubte an das Zeichen und dass er genau hier graben sollte.

Mit der Zeit erzählte man sich in der Umgebung, dass ein Bergmann auf dem Kahlenberg nach Gold grabe, und mehrere Männer boten sich an, mit ihm das Glück zu finden. Darüber war er recht froh, denn in Gemeinschaft geht alles leichter, und nun wurde täglich richtig viel gearbeitet, aber der Fund einer Erzader blieb leider aus.

Obgleich die Arbeit nun schneller vonstatten ging, wollte sich noch immer keine Erzader zeigen. Endlich gaben seine Helfer den Glauben an einen Erfolg auf, und einer nach dem anderen blieb aus. Nur er verlor seine Zuversicht nicht und grub weiter im festen Vertrauen auf die Gnade des Herrn. Die Zahl seiner Gleichgesinnten wurde jedoch jeden Tag weniger, da sie an einen Erfolg nicht mehr glauben konnten, und bald stand er wieder alleine bei der Arbeit.

Nach drei Monaten kam endlich der Tag, an dem das Material im Stollen immer härter und glänzender wurde und er verstand sofort, dass er jetzt auf ein anderes Gestein gestoßen war.

„Ja, glaub ich's denn", rief er entzückt, als er sich einen Gesteinsbrocken genauer ansah, „das ist ja blankes Erz!", und lief nach draußen ans Tageslicht. Er sank auf die Knie und dankte der Gnade Gottes, dass er endlich auf Erz gestoßen war – vielleicht sogar auf eine Ader.

Und in der folgenden Zeit wurde aus dem früheren Bergmann ein reicher Bergwerksbesitzer, der sich keine Sorgen zu machen brauchte, dass er keine Arbeiter hatte, denn täglich kamen die Männer, um bei ihm für guten Lohn zu arbeiten. Aus den ersten Hütten der Bergleute entstand wenig später Kahlenbergerdorf. Der Bergmann aber, der zu Reichtum gekommen war, blieb ein einfacher Mann, der auch immer ein offenes Ohr für seine Mitmenschen hatte. Kurz vor seinem Tod verkaufte er das Bergwerk und der neue Besitzer wollte sehr viel Profit daraus schlagen, schließlich hatte er es ja als Investition erworben. Als Erstes setzte er die Fixkosten herab und fing dabei mit den Löhnen der Arbeiter an; und dann wurden noch die Arbeitszeiten erhöht.

Wie der neue Bergherr eines Abends in einer Weinschenke mit Freunden beisammen saß, da war auch ein alter Mann darunter, der den Vorbesitzer noch gut gekannt hatte.

„Der vorherige Bergherr war ein fleißiger Mann“, sagte ihm der Alte, „und noch dazu vertraute er fest auf die Gnade Gottes, so fest wie kein anderer!“

„Ha, ihr immer mit eurer Gnad' Gottes! Wenn kein Erz und kein Gold im Berg ist, dann hilft die ganze Gnad' Gottes nicht!“, rief der neue Besitzer ärgerlich.

Diese Worte hörte keiner der Anwesenden gern und es dauerte nicht lange, und einer nach dem anderen machte sich auf den Heimweg. Am nächsten Morgen schlief der Mann ein wenig länger, denn gestern hatte er noch alleine ein wenig weitergebechert; schließlich war er der Besitzer, da konnte er wohl in den Betrieb kommen, wann er wollte.

Die Bergleute waren schon seit vielen Stunden bei der Arbeit, doch die Erzader schien nichts mehr herzugeben, nur mehr Stein und Sand brachten sie hervor. Ja, es gab nicht einmal mehr die Spur einer Erzader, nur taubes Gestein war im Stollen zu sehen.

Als der Bergherr nun auftauchte, stand schon einer der Arbeiter da, um ihm von den Veränderungen im Stollen zu berichten. Ohne auch nur ein Wort zu erwidern, hörte der Besitzer zu und ihn überkam eine schlimme Ahnung. Er nahm schnell Hut und Lampe und ging selber ins Bergwerk hinunter, wo alles genauso war, wie es ihm der Vorarbeiter beschrieben hatte.

Jetzt stöhnte er auf und sagte laut und deutlich: „Die Gnad' Gottes! Ich habe an der Gnad' Gottes gezweifelt!“, und fiel tot um.

Von nun wurde nie wieder edles Erz im Kahlenberg gefunden. Das Bergwerk verfiel und die Bergleute wanderten ab. Jene, die blieben, mussten sich umstellen und wurden nun zu Weinbauern.

Wiegand, der Pfaff am Kahlenberg

In den frühen Jahren der Habsburger Regierung, da gab es auch ein Familienmitglied, das sehr um ein geselliges Leben am Hof in Wien bemüht war, nämlich Otto den Fröhlichen. Er soll das genaue Gegenteil zu seinen Brüdern gewesen sein, nämlich glücklich und zufrieden, immer heiter, auch soll er einen fast „bäuerlichen Humor“ besessen haben.

So soll sein Empfangszimmer in der Hofburg stets übervoll gewesen sein und viele kamen, um ihm ein besonders außergewöhnliches Geschenk zu bringen und hofften im Geheimen auf ein wertvolles Gegengeschenk.

Da kam eines Tages auch ein junger Bursch in sehr ärmlichen Kleidern zum Herzog und hatte einen riesigen Fisch dabei. Er wolle dem Herzog ein Geschenk bringen, sagte er den Bediensteten, und der Fisch war wegen seiner seltenen Größe wirklich etwas Besonderes. Der Herzog nahm ihn freundlich entgegen und fragte, wie er heiße und woher er komme.

„Ich heiße Wiegand, bin ein Student und komme aus Theben“, war die Antwort. „Den Fisch habe ich von einem Fischer aus Theben geschenkt bekommen, weil er aber so groß ist, da habe ich mir gedacht, das wäre ein prächtiges Geschenk für den gnädigen Herzog Otto.“

„Das ist sehr nett von dir“, sagte der Herzog, „und was kann ich dir für den Fisch Gutes tun?“

„Ja, gnädiger Herr, ich wünsche mir zwanzig Stockstreiche und das ist alles“, sagte Wiegand fest entschlossen.

Der Herzog blickte den kauzigen Burschen streng an und sprach dann:

„Spaße nicht mit mir, Wiegand, denn sonst mache ich mir einen Spaß mit dir. Ich frage dich zum letzten Mal, was möchtest du für den Fisch?“

„Zwanzig Stockstreiche, gnädiger Herzog, wenn ich bitten darf.“

„So soll es sein und wir werden sehen, wie viel Spaß du dabei haben wirst!“

Auf einen Wink des Herzogs wurde geschwind eine Bank ins Zimmer gebracht und ein Diener nahm die Stockstreiche vor. Nach dem zehnten jedoch sprang Wiegand auf, machte einen Diener vor dem Herzog und erklärte:

„Die ersten zehn Hiebe waren jetzt mein Lohn, die andere Hälfte gehört dem Wächter am Tor, dem ich erst die Hälfte von Eurem Gegengeschenk versprechen musste, bevor er mich hereinließ.“

Da erkannte der Herzog, was für ein Schalk dieser junge Student war und ließ den Torwächter heraufbestellen, der trotz größter Gegenwehr die andere Hälfte der Stockschläge bekam, für die er sich dann auch noch bestens bedanken musste. Herzog Otto setzte sich nun persönlich für den armen Studenten ein und sorgte dafür, dass dieser sein Studium ohne Geldmangel beenden konnte. Nach seinen Studien erhielt er die Pfarrei Kahlenbergerdorf übertragen. Dort waren seine Einkünfte nur sehr niedrig, das schlug sich aber nicht auf die gute Laune Wiegands nieder, der durch seine witzigen Possen und heiteren Einfälle als „Pfaff vom Kahlenberg“ für alle Zeiten berühmt wurde. Herzog Otto fragte ihn immer wieder gern um lustigen Ratschlag und behielt ihn in seinem Rat bis zu seinem Tod. Pfarrer Wigand überlebte seinen freundschaftlichen Gönner um neun Jahre.

Als einmal die Frau des Herzogs zu ihm nach Kahlenberg kam und es gerade Zeit zum Mittagessen war, da lud sich die Dame mit ihrem Gefolge selber bei Wiegand zum Essen ein. Weil sie sich aber vorher nicht angekündigt hatte, wusste Wiegand nicht, was er auf den Tisch bringen sollte. So deckte er eifrig den Tisch, schleppte viele Töpfe und Schüsseln herbei, zündete das Feuer im Herd an und stellte die leeren Töpfe darauf. Die Herzogin schaute ihm verwundert zu und fragte dann besorgt:

„Und was kommt in die Töpfe hinein?“

„Ja, wenn Ihr es nicht wisst, wer dann?“, fragte Wiegand harmlos. „Ich war der Annahme, dass Ihr das Essen aus der herzöglichen Küche mitgebracht hättet, denn wenn ich eine Herzogin samt ihrem Gefolge aus meiner Speisekammer bewirten müsste, dann würde mein gesamtes Jahreseinkommen an einem Tag verzehrt werden.“

Lachend ließ die Herzogin nun den Reiseproviant holen und bewirtete den Pfarrer aufs Beste.

Ein anderes Mal wurde Wiegand von angesehenen Personen des Hofstaates besucht. Manch einer dieser noblen Herren meinte, er könne sich mit dem schlichten Mann ein Späßchen erlauben. Dies ging aber immer schlecht für den Betreffenden aus. So kamen eines Tages vier reiche Junker zu Pferd auf dem Kahlenberg an und übernachteten aus Mutwillen bei Wiegand. Sie aßen extra viel, tranken noch mehr und mussten bis zuletzt ganz berauscht zu Bett getragen werden, wo sie sofort in einen tiefen Schlaf fielen.

In dieser Zeit ging Wiegand in den Stall, tauschte die vier schönen Pferde gegen vier elende Klepper aus und goss Weinhefe in die Betten der Betrunkenen.

Als die Herren am nächsten Morgen in den nassen Betten erwachten, da standen sie ganz still auf und ritten voll Scham auf den elenden Kleppern davon.

Dem Pfarrer ließen sie die schönen Pferde als Geschenk für die hinterlassene Unordnung.

Wiegand wusste sich auch sonst zu helfen. Die Gläubigen vom Kahlenberg wollten kein Geld für eine neue Fahne ausgeben. In der Osterzeit nun sollte der Pfarrer einst mit dem Kreuze gehen. Weil er aber keine gute Fahne hatte, hing er statt derselben seine „Bruch", wie man damals zu den Hosen sagte, an die Stange und hielt die Prozession. Als die Bauern diese Schmach sahen, sagten sie zu ihm, dass es nicht richtig sei, dass er sie so beschämte.

„Ist es meine Schuld, wenn wir keine Fahne haben? Warum kauft ihr keine?", gab der Pfaff zurück.

Nun gingen die Bauern nach Wien und kauften eine neue Fahne um 10 Pfund und dazu noch ein neues Messgewand für den Pfarrer.

Damit Wiegand nicht immer auf das Geld anderer Leute angewiesen sein musste, verkaufte er eigenen Wein an die zahlreichen Besucher des Kahlenberges. In manchen Jahren war damit das Einkommen der Pfarre gesichert, doch im Jahr 1331 verursachte ein schlechter Herbst eine Missernte.

Der Wein hatte zu viel Säure und war fast ungenießbar. Die Bauern, die sonst gern den Gottesdienst im Kahlenbergerdorf besucht hatten, um sich anschließend mit einem Glas guten Wein zu belohnen, die blieben jetzt aus, da sie die Messen in den näheren Kirchen besuchten. Der Pfarrer musste also zu einem Mittel greifen, um die Leute wieder in seine Gemeinde zu locken.

Er ließ nun im Sommer 1332 verkünden, dass er am nächsten Sonntag vom Kirchturm aus über die Donau fliegen werde. Das wurde von den Menschen rasch weitererzählt, und so war bald die gesamte Umgebung darüber informiert.

Die neugierigen Menschen strömten von nah und fern herbei, um dieses kuriose Schauspiel zu sehen. Der kluge Pfarrer verzögerte seine Darbietung von Stunde zu Stunde und ließ in der Zeit seinen schlechten Wein des Vorjahres verkaufen. Und weil es an diesem Tag so unglaublich heiß war, wurde er wirklich getrunken und erst, als sämtliche Vorräte verkauft waren, bestieg Meister Wiegand mit ernster Miene den Turm. Von hier aus schaute er auf die Menge herunter und fragte:

„Habt ihr jemals einen Menschen fliegen gesehen?“

„Nein“, rief die Menge und er sagte ganz ruhig:

„Dann werdet ihr mich heute auch nicht fliegen sehen!“, und kam wieder herunter. Da brach ein gewaltiger Tumult unter den Menschen aus, doch bald lachten die Leute über ihre eigene Dummheit und den listigen Pfaffen.

Ein Wiener Bürger hätte es lieber gesehen, wenn sein Neffe Wiegands Pfarrei bekommen hätte. So versuchte er alle Register zu ziehen, um Wiegand zu schaden und die Bauern gegen ihn aufzuhetzen. Er erzählte ihnen, dass der Pfarrer sich auf ihre Kosten ein feines Leben machen wolle und es eigentlich noch kein neues Kirchendach bräuchte. Noch dazu wollte er ihm einen üblen Streich spielen.

Er beauftragte einen Maler einen Wolf zu malen, der den Gänsen predigte und das Gesicht des Wiegand trug. Doch als das Bild am nächsten Sonntag an die Kirchentür angeschlagen wurde, stand Wiegand im Pfarrhaus und lachte sich eins.

In der Predigt bat Wiegand die Bauern nur um das Geld für die Reparatur des Dachteils über dem Altarraum. Das fanden sie Bauern sinnvoll und spendeten eifrig in den Klingelbeutel.

Als dann die Gemeinde aus der Kirche kam, stand der Wiener Bürger grün vor Wut unter den lachenden

Menschen. Das Bild an der Kirchentür zeigte nicht den Wolf mit dem Gesicht des Pfarrers, sondern mit dem des Wieners.

Auch das Kirchendach wurde so repariert wie angekündigt, und als es am nächsten Sonntag in Strömen regnete, stand der Pfarrer Wiegand im Trockenen, während die Gemeinde durch und durch nass wurde.

Besonders anschaulich war die Darstellung eines Sprichwortes. Der Priester nahm eines Tages einen Sack voll Totenköpfe, ging damit auf den Kahlenberg und schüttete ihn dort oben aus. Natürlich kugelten sie in die verschiedensten Richtungen den Berg hinunter. Lachend rief er:

„Hier habt ihr den Beweis – viele Köpfe, viele Sinne."

Karl und Agnes

Selten gibt es Orte, von denen sich die Einheimischen so viele verschiedene Sagenvarianten erzählen wie über das Agnesbründl in Sievering oder die Geschichte von Karl und Agnes.

Die meisten Sagen um dieses Paar berichten von dem Köhlersohn Karl, der seiner Braut im Krieg untreu geworden war. Das wurde von der Brautmutter bestraft und sie verwünschte das Paar mit ihrem Schloss. Agnes muss als belohnender Geist umherziehen und Karl als Reiter oder Wilder Jäger.

Da, wo heute Sievering liegt, lebte früher eine Fee namens Agnes. Im Winter hielt sie sich in einem Palast auf, dessen Eingang bei der Steinernen Wand außerhalb von Sievering, am „Fuße des Himmels", gewesen sein soll. Im Sommer schlief sie jedoch gern in der freien Natur oder hielt sich in hohlen Bäumen auf. Da kam einmal der König von Schweden in diese Gegend, um an einer großen Jagd teilzunehmen. Er verfolgte ein Reh und verirrte sich dabei bis auf die abgelegene Jägerwiese. Er war recht erschöpft und zog daher im Walde seinen Harnisch aus, hängte ihn an einen Baum und legte sich dann ins Gras, um die Nacht hier verbringen. Kaum war er eingeschlafen, da hörte er seinen Namen rufen:

„Karl, schläfst du?"

Erstaunt sah er an seiner Seite eine wunderschöne Frau, und nicht weit entfernt hörte er eine Quelle hervorsprudeln. Agnes blieb die Nacht bei dem Jäger und zeigte ihm dann bei Tagesanbruch den Weg zu seinen Gefährten. Seit dieser Nacht wurde der König von Schweden nie mehr in der Gegend gesehen. Manchmal aber hört man noch heute wilden Lärm von den Bergen her, es klingt wie ein Rollen und Rasseln, und dann erzählt man sich hier, dass das Karl ist, der mit seinen geflügelten Rossen fährt.

Einige Monate später gebar die Fee ein Mädchen, doch wusste sie nicht, wie sie es großziehen sollte, und da brachte sie es einfach in die Nähe der Menschen. Ihr fiel ein, dass in der Nähe ein Köhler wohnte, der täglich aus einem Brunnen im Wald das Wasser holte. Sie legte deshalb das Kind in einen Korb und wickelte in ein Papier 20 Goldstücke. Darauf schrieb sie:

„Das Kind heißt Agnes, nehmt es an und zieht es auf, und alle 14 Tage sollt ihr an dieser Stelle das nötige Geld finden."

Als der Köhler das Kind so allein da liegen sah, erbarmte er sich und trug es nach Hause. Die Köhlerin war anfangs nicht einverstanden, als sie aber den Zettel las und das Gold darin fand, freute sie sich darüber. Das Köhlerehepaar hatte selber einen Knaben, der hieß Karl, und so wuchsen die Kinder miteinander auf und mit den Jahren war es nicht mehr nur geschwisterliche Liebe, die sie einte.

Die Fee freute sich an dem Glück des jungen Paares und wollte ihren künftigen Schwiegersohn zu hohen Ehren bringen.

Sie befahl ihm daher, auf die Jägerwiese zu gehen und den Harnisch anzuziehen, den er dort finden würde. Es war der Harnisch des Schwedenkönigs, und mit diesem sollte er in das Lager der Türken ziehen, den Vorposten niederhauen und den Obersten im Zweikampf besiegen. Dann sollte er den Helm des Türkenführers an sich nehmen, denn darin wären schriftliche Befehle und Nachrichten aufbewahrt.

Karl verabschiedete sich von Agnes und ging zum Kampf in das Türkenlager. Mit den schriftlichen Befehlen und Nachrichten aus dem Helm eilte er wenig später zum Kaiser nach Wien, wo er zum Dank eine hohe Stelle im österreichischen Heer verliehen bekam. Während dieser Zeit hatte die Fee ihrer Tochter einen Palast bei Sievering gegeben, doch der so sehnlichst vermisste Karl ließ nichts von sich hören. Karl hatte nämlich in Wien eine Hofdame kennen- und liebengelernt, doch als er endlich in Agnes' Palast zu Besuch kam, stritt er alles ab.

Da öffnete sich die Erde mit furchtbarem Getöse und der Palast versank in den Abgrund. Agnes und Karl kamen dabei beide ums Leben, und auch wenn sie im Tod vereint sind, müssen sie bis zum Jüngsten Tag umherwandeln – er in Schuld und sie in Unschuld. Täglich erscheint Karl auf der Jägerwiese als ein geharnischter, schwarzer Mann, um 12 Uhr mittags und 12 Uhr nachts steigt er aus einem Baum heraus.

Manche sagen, man könnte das unglückliche Geisterpaar erlösen und dazu auch die übrigen Bewohner des unterirdischen Schlosses. Es muss nur jemand den Mut aufbringen, dem Teufel in der Gestalt eines Adlers gegenüberzutreten und ihn zu beschwören. Der Teufelsadler wird einen goldenen Schlüssel im Schnabel tragen und den gilt es, zu bekommen. Vor vielen Jahren gingen wirklich einige Frauen aus der Umgebung in der Christnacht auf die Agneswiese und sprachen Beschwörungsformeln. Schon kam der feurige Adler mit dem Schlüssel dahergeflogen, doch die Frauen waren darüber so erschrocken, dass sie in den Wald flüchteten. Im nächsten Jahr in der gleichen Nacht wagten es einige kühne Wäscherinnen. Dieses Mal fing der Adler ein furchtbares Geschrei an, und der goldene Schlüssel fiel ihm aus dem Schnabel. Eine wollte den Schlüssel ergreifen, aber der Adler entriss ihn ihr und flog in die Luft.

Da, wo jetzt Untersievering liegt, befand sich vor Zeiten ein großer, dichter Wald mit einer Jägerhütte. Der Jäger schickte einmal seinen Burschen auf den „Anstand", wie man dazu sagt, wenn der Jäger in guter Deckung und unter Beachtung der Windrichtung auf das Wild wartet. So ging der Bursch auf die Jägerwiese, stellte sich hinter einen Baum und wartete gespannt. Aber da kamen keine Hasen oder Rebhühner – spät in der Nacht erschien eine Prozession von weißen Frauen. Nur eine in ihrer Mitte war schwarz gekleidet und trug in der linken Hand ein weißes Taschentuch.

Alle Damen trugen brennende Fackeln, nur die mittlere trug eine abgebrochene Kerze in der rechten Hand. Als der seltsame Zug an dem Baum vorüberkam, ging die schwarze Frau auf den Jägerburschen zu und winkte ihm, ihnen zu folgen. Sie nahmen ihn mit über Wiesen, Berge und Täler, bis sie letztendlich ein schönes Kristallschloss erreichten, dessen goldene Tore verschlossen waren. Die schwarze Frau trat nun aus der Mitte der Frauen heraus und murmelte etwas, worauf die Tür wie von selber aufging und alle das Schloss betraten.

Der Bursche blieb vor Schrecken und Staunen ganz sprachlos. Als sie eine gläserne Treppe hinaufgestiegen waren, zeigte ihm die Anführerin eine Tür und verschwand. Der Bursche ging hinein, trat in eine Küche und wärmte sich am Feuer. Durch den schimmernden Glanz im ganzen Schloss konnte er nicht sagen, ob es Tag oder Nacht war. Plötzlich öffnete sich die Tür und es trat ein schwarz gekleidetes Männlein herein, das trug einen Hut mit einer sehr breiten Krempe, die rundherum mit silbernen Borten besetzt war. Am Hut selber hing eine silberne Quaste herunter, die Hose reichte nur bis zu den Knien. Außerdem hatte es ein kurzes Wams an, rote Strümpfe und Schuhe mit silbernen Schnallen. Der kleine Mann sah dem Jägerburschen scharf ins Gesicht und entfernte sich dann mit sonderbarer Miene, ohne ein Wort zu sprechen. Dem Burschen wurde immer unheimlicher zu Mute und er wollte nur weg von diesem unheimlichen Ort, doch so sehr er auch suchte, er fand keinen Ausweg. Plötzlich brach ein furchtbares Getöse aus, welches das Schloss bis in seine Grundmauern erschütterte. Auf einmal stand seine Begleiterin wieder vor ihm und verlangte seine Weidtasche, die er ihr gab und die sie mitnahm. Nun suchte er in seiner Todesangst überall nach einem Ausgang. Plötzlich verschwand das Schloss aber und er befand sich ganz allein wieder auf der Jägerwiese, wo die Weidtasche am Boden lag. Er hob sie rasch auf und eilte nach Hause. Dort wunderte man sich sehr, denn es war ein volles Jahr vergangen. Der Jäger hatte bereits einen anderen Jägerburschen eingestellt, und daher gab der Bursche seine Tasche dem früheren Herrn zurück. Wie der nun die Weidtasche öffnete, war sie bis oben hin mit Goldstücken gefüllt. Der Bursche erzählte jetzt alles, was ihm passiert war. Als er aber den Jäger auf den Platz führte, wo er die schwarze Frau gesehen hatte, da nahm dieser seine Flinte und schoss auf den Burschen. Die Kugel jedoch kehrte sich, nachdem sie den Gewehrlauf verlassen hatte, um und traf den Jäger. An dieser Stelle soll damals ein Kreuz auf der Jägerwiese errichtet worden sein.

Auch von einem Buben wird erzählt, den die Holzhauer um die Mittagszeit zum Brünnlein schickten. Am Brunnen angekommen, begegnete er einer Frau in weißem Gewand, die ihr langes, schwarzes Haar im Brunnen wusch. Der Bub füllte dennoch seinen Krug und trank auch davon.

Da fragte ihn Agnes, ob es ihn nicht grause vor dem Wasser.

„O nein", sagte er und ging seines Weges. Als die Holzhauer aus dem Krug tranken, war es guter Wein. Verwundert fragten sie, wo er den Wein herhabe. Da beteuerte er, dass er Wasser geholt habe und erzählte seine Begegnung mit der weißen Frau. Nun schickten sie den Buben ein weiteres Mal mit dem Krug zum Brunnen und auch noch ein drittes Mal.

Nach dieser Begebenheit gingen die Einheimischen dorthin, um das Wasser als Heilmittel für Augenkranke zu holen.

Die wohltätige Agnes bezieht nachts ihr Kristallschloss unter der Erde, der Eingang dazu liegt bei dem Brünnlein. Am Tag unternimmt sie ihre Ausflüge und tut allerlei Gutes. Ein „Trottel" aus Sievering, der für die schwersten Arbeiten angestellt war, wurde von ihr verköstigt und unterstützt. Auch Milchmädchen begegneten ihr oft und wurden von ihr beschenkt. Besonders häufig wird berichtet, dass Agnes verarmten Leuten Kräuter oder eine Schürze voll Kohlen übergeben hat, die sich dann in Goldstücke verwandelten. Auch soll sie ihnen Nummern im Brünnlein gezeigt haben, mit denen dann die Leute „einen Terno" gemacht haben. Dieser sogenannte „Terno" ist der Hauptgewinn des von Maria Theresia gegründeten „Kleinen Lottos", das in Wien von

Anfang an äußerst beliebt war; drei von fünf gezogenen Zahlen mussten hier richtig sein.

Daher stammt auch der Brauch, dass nun in der Agnesnacht ganze Scharen zum Jungfernbrünnlein ziehen, wo auch Agnesbilder ausgeteilt werden, die nach Aussage der alten „Lotterieweiber“ von den Glücklichen geopfert worden sind.

Madonna in den Schanzen

Von Stammersdorf bis Esslingen ziehen sich lange Erdschanzen hin, die Wien schützend in weitem Bogen umrahmen. In der Zeit der Napoleonischen Kriege lagen die französischen Angreifer vor den Toren der Hauptstadt, und da waren diese Schanzen eine verlässliche Wehr für die verteidigenden Soldaten.

Am Vorabend der Schlacht bei Aspern im Mai 1809 stand auf der Schanzenhöhe beim „Rendezvous“, dem kaiserlichen Jagdschloss auf der Höhe des Loimerbühels, auch ein junger Bursch der Deutschmeister auf Wachposten. Er war für einen möglichen Kampf gut ausgebildet, doch in seiner Seele ausgeglichen und ruhig. Seine Aufgabe war es, nach möglichen Bewegungen zwischen den knisternden Wachfeuern im dunklen, flachen Land Ausschau zu halten.

Plötzlich schien ihm, als würde eine Heldenjungfrau mit flammendem Krummsäbel die Böschung heraufkommen. Bei unbekannten Personen war es seine Pflicht, sofort rufend nach dem Losungswort zu fragen, doch er bekam keine Antwort. In einem solchen Fall war es ebenso seine Pflicht, auf unbekannte Personen zu schießen. Er legte blitzschnell seine Flinte an, doch das unbekannte Geschöpf stand schon riesengroß vor ihm, dass er beinahe vor Angst, Panik und Schrecken sein Bewusstsein verlor.

„Habe Mut, kaisertreuer Krieger“, redete es ihn an, „ich will dir einen Schutzpfennig geben, der dich retten soll! Deine Mutter hat ihn dir erbeten!“

Mit diesen Worten reichte die Erscheinung dem Soldaten einen blinkenden Gnadentaler, worauf das Bild der Madonna abgebildet war, und verschwand gleich danach.

Der Wind pfiff über die Erdwälle, es knisterten die Lunten, die Streitrosse schüttelten sich. Nun kam das Morgengrauen und lauter Kanonendonner meldete den Schlachtbeginn. Die Kugeln summten wie Mücken. Doch der Wachposten wich nicht vom Platz, obwohl er sich in seiner Position ungünstig in den ersten Reihen befand.

Da traf ihn schon eine Kugel und zerfetzte seine Hand. Ein sofort herbeigeeilter Kamerad amputierte ihm die verletzten Glieder und verband ihm den Stumpf. Trotz der Wunde blieb er auf seinem Wachposten mitten im Feuer. Bis zum Abend gab es bei dieser schrecklichen Kriegsschlacht 24.000 Opfer unter den Österreichern, gegen 30.000 bei den Franzosen.

Der furchtlose Deutschmeister, der auf seinem Wachtposten geblieben war, erhielt dann einen ehrenvollen Abschied. Seine abgetrennte Hand und die Marienmünze zeigte er seinem Obersten. Mit der goldenen Medaille auf der Brust kam er dann heim.

„Zeig mir deine Rechte, Kind!“, rief ihm seine Mutter schon aus der Ferne entgegen.

Der Krieger wies ihr den vernarbten Stumpf. „O, ich habe davon gewusst!“, fuhr sie fort. „Danke der lieben Himmelsfrau, dass du nicht tot bliebst im Feld.“ Den Madonnentaler aber bewahrte der Krieger sorgsam auf und heute ist er immer noch im Andenken seiner Nachkommen.

Die Flucht des König Wenzel

Viel wusste man sich in Wien über die Flucht von König Wenzel am 11. November 1403 zu erzählen; es gelang ihm, seine Bewacher zu täuschen und aus dem Gefängnis zu fliehen. Wie bei seiner ersten Gefangenschaft 1393 in Prag – damals mit Hilfe einer kühnen Bademagd – errang er auch in Wien durch Mitwisser seine Freiheit. Böhmische Quellen nennen den Malteserritter Bohus, durch dessen Hilfe Wenzel verkleidet und unerkannt aus der Stadt und ans andere Donauufer gelangte.

Die Wiener sprechen aber von dem Fischer Hanns Gründel, der im Werd (Leopoldstadt) wohnte und dem gefangenen König öfter „gesottene Fischlein" brachte. Dafür musste er natürlich in die Gemächer des Königs gelassen werden. Wenzel wusste, dass er nur durch diesen Mann aus dem Gefängnisturm herauskommen konnte und gab sich alle Mühe, ihn durch glänzende Verheißungen dazu zu überreden, ihn zu befreien. Und eines Tages gab der Fischer Hanns Gründel nach, wickelte sich eine über 100 Meter lange, fingerdicke, seidene Schnur um den nackten Leib und brachte diese so durch die Leibesvisitation. Um Mitternacht ließ sich Wenzel dann an dieser Schnur vom Turm herunter und Gründel verscharrte den König in einem nahen Misthaufen, wo ihn wohl keiner entdecken würde. Im Mondschein musste jemand aber einen Schatten von dem Flüchtenden aus dem Turmfenster gesehen haben, denn bald waren alle hellwach, um nach ihm zu suchen. Auch am nächsten Tag wurde die gesamte Stadt nach dem entflohenen König durchkämmt.

Erst in der folgenden Nacht befreite der Fischer den König Wenzel aus seinem dreckig-stinkenden Versteck und brachte ihn über die Donau nach Stadlau, wo bereits Johann von Lichtenstein mit 50 Schützen auf ihn wartete. Über Nikolsburg ging es weiter nach Kuttenberg und dann nach Prag, wo Wenzel seinen Befreier reichlich beschenkte. Er machte ihn zum Ritter und gab ihm ein Wappen mit einem roten Karpfen im goldenen Schild. Gründel ließ dann seine ganze Familie nach Prag holen und wurde dort bis zum Ende seines Lebens „Ritter Hanns Gründel von Wien" genannt.

Die Schwarze Schnur

Von diesem Kapitel der österreichischen Justiz werden viele noch nie gehört haben, und aus diesem Grund soll davon berichtet werden. Oft hört man davon, dass vermögende und einflussreiche Leute, wenn sie ein Verbrechen begangen hatten und überführt wurden, von der Justiz nicht verurteilt wurden. Sie brauchten dem Scharfrichter nur eine große Summe Bargeld bezahlen und konnten ungestraft in ihr normales Leben zurückkehren. Doch es ist nur wenigen Menschen bekannt, dass diese noblen Herren und Damen dafür ein verborgenes Zeichen am Körper tragen mussten, sodass sie stets an ihre Schuld erinnert wurden, während Ärmere dafür die ganze Schwere des Gesetzes zu fühlen bekamen.

Dieses Zeichen war entweder eine schwarze oder rote Schnur oder ein eisernes Armband, und es wurde in aller Form und rechtens auferlegt. So spricht man in Niederösterreich von der Schwarzen, in Norddeutschland von der Roten Schnur oder eben auch vom Eisernen Armband.

In Wien und Umgebung sagt man, dass hauptsächlich die reichen Müller mit diesen Schnüren „geschmückt" waren; das mag wohl noch aus der Zeit stammen, in der jeder Bauer sein Korn selbst in die Mühle brachte und dort, wie man fest glaubte, ganz sicher bestohlen wurde.

Denn der Bauer konnte ja nicht beim Einschütten des Kornes und dem Ausfließen des Mehles zugleich aufpassen, so dass er entweder auf die eine oder andere Art und Weise betrogen wurde.

Außerdem beschuldigte man die Müller des Beimengens von Gips zum Mehl, wenn nach Gewicht verkauft wurde, und noch vieler anderer Vergehen, sogar geheimnisvoller Mordtaten. Selbst den geachtetsten Müllern sagte man nach, wegen solcher Untaten die Schwarze Schnur zu tragen. Sehr viel seltener soll das bei anderen reichen Leuten, wie Bürgern und Bauern, vorgekommen sein.

Einmal jährlich musste der Scharfrichter sämtliche Schnüre überprüfen und sie auch jedes Mal ein wenig nachziehen.

Wenn der Beschuldigte irgendwann starb, nahm der Scharfrichter die Schnur ab und ging auch zu dem Begräbnis. Früher in seiner roten Tracht, in unserer Zeit nur mehr als gewöhnlicher Trauergast. Das wird wiederholt von ernsten Landleuten berichtet, und noch manch einer mag heute daran glauben.

Der Hexenschemel

Wenn man sich in der Heiligen Christnacht während der Mette auf einen Schemel setzt, der aus neunerlei Holz gemacht ist, so erkennt man alle Hexen der ganzen Gemeinde, so erzählt man sich in den kleinen Wiener Vororten. Die Hexen erkennt man daran, dass sie mit dem Rücken zum Hochaltar stehen, das Gesicht in den Nacken umgedreht und es nicht wagen, zum Allerheiligsten zu blicken, denn sonst würden sie tot umfallen. Das kann freilich nur einer sehen, der auf so einem Hexenschemel sitzt – der kann alle Geheimnisse der Hölle sehen –, doch auch er wird von den Hexen erkannt und wehe ihm, wenn er ihnen nach der Messe in die Hände fällt. Er wird sterben müssen für seine Neugierde, wenn er nicht ein anderes Laster der Hexen reizt, nämlich die Habsucht. Wenn er nun Stück für Stück etwas von sich wirft, dann müssen die Hexen es aufsammeln und können sich nicht so sehr auf die Verfolgung konzentrieren.

Davon hatte auch ein junger Bursche namens Leonhard gehört und machte sich daran, so einen Hexenschemel zu bauen, einzig um zu erfahren, ob die Meisterin – die Frau seines Lehrherrn – eine Hexe war. Nun hatte er alle Hölzer zusammen: Nussbaum, Kirsch- und Birnbaum, Fichte, Eiche, Linde, Ahorn und Ebenholz, und bald war der Lehrbub fertig mit dem Werkstück. Jetzt nahm er noch viele Nüsse mit und ein paar Handvoll Holzspäne, die er auf seinem Rückweg verstreuen wollte.

Wie er nun in die Kirche trat, da musste er sich erst einmal überlegen, wo er sich mit seinem mitgebrachten Schemel am besten hinsetzen sollte; er entschied sich dann für den Stiegenaufgang zum Altarraum, weil er hier in der Menge nicht so auffallen würde.

Endlich ertönten die Glocken und der Priester im Ornat der hohen Feier erschien mit seinem Gefolge. Kaum hatte der Geistliche am Altar seinen Platz eingenommen, sah sich der Bursch in der ganzen Kirche um.

Der arme Junge war schlichtweg wie versteinert über das, was sich seinen Augen bot. Er erkannte bald unter den rückwärts schauenden Gesichtern die Frau des Stadtrichters, des Färbers, des Kaufherrn, des Weinwirtes, des Schreibers und endlich auch seine Meisterin.

Nach einer Weile aber bemerkte er, wie sich die Blicke sämtlicher Hexen gleichzeitig auf ihn richteten, und es schien ihm, als wenn sie mit den Augen zu rollen anfingen und dabei blaue Funken sprühten und sehr bedrohlich zu ihm herüberblitzten.

Ein kalter Schauer durchrieselte ihn, der Schemel klapperte unter seinen schlotternden Beinen; Angstschweiß lief ihm von der Stirn und eine Furcht überfiel ihn, als ob er auf der Richtstätte des Henkers auf den Tod warten würde.

Plötzlich sah er deutlich, dass seine Meisterin den Zeigefinger der Rechten aufhob und drohend auf ihn wies – das Herz fing ihm an gewaltig zu hämmern, die Sinne schienen ihm zu vergehen und er glaubte, den Schemel unter seinen Füßen schwinden zu fühlen. Nun war es ihm gar nicht mehr recht, hier in der Kirche auf dem Hexenschemel zu sitzen, und er machte sich daran ins Freie zu kommen. Als er bereits die Klinke der Kirchentür in der Hand hatte, da sah er im Umdrehen, wie seine Meisterin ein Unwohlsein vortäuschte und, von zwei anderen Hexen gestützt, hinauswankte.

Nun lernte der Lehrjunge das Beten, bereute seine unchristliche Neugierde und dass er abergläubische Sachen mit in die Kirche genommen hatte. Er lief wie ein gehetztes Reh die Straße entlang, da schnaubte es auf einmal in der Luft über ihm. Hinter ihm trabten schwere Hufe, es pfiff und sauste und tobte, als ob Nachtvögel in dichten Schwärmen aufflögen. Der Boden wankte, bläuliche Funken stoben und gellende Stimmen riefen dem Fliehenden nach.

„Sasa“, hörte er und „halt ihn auf, Magog! Fall ihm in die Weichen, Höllenhund! Zwick ihn in die Beine, Viper! Stich ihn in die Fersen, Tarantel! Lege dich in seinen Weg, graue Katze! Stürzt euch alle auf ihn – fällt ihn, fällt ihn!“

Seine Verfolgerinnen waren ihm schon sehr nahe und er glaubte bereits, ihren Pestatem zu spüren, da dachte er an die Nüsse und Holzspäne in seinen Taschen. Schnell warf er eine Handvoll hinter sich. Da wurde es mit einem Schlag still und ruhig hinter ihm. Mit gierigen Klauen fielen sie über die Nüsse her und wetteiferten, wer am meisten bekam. So erlangte er wieder einen Vorsprung, doch schon bald hörte er wieder ihre Rufe hinter sich.

„Sadrah, Raka, Behemoth, alle Geister der Hölle, fasst ihn!“, tönte es von Neuem.

Schnell warf er wieder Nüsse und Holzspäne, doch mehr hatte er nicht mehr bei sich. Vor Schreck und Angst schien ihm schon, seine Füße wären aus Blei und er würde gar nicht mehr weiterkommen. Endlich aber bog er um die Ecke der Straße, welche zur Wohnung des Meisters führte, und schon erblickte er das Tor des Hauses. Da schnaufte es von Neuem hinter ihm und ein krächzender Ruf ließ ihn aufschrecken:

„Besen, Besen, Besen!
Ändere dein Wesen,
sei nicht faul
werd' zum Gaul;
dass wir den Knaben
liefern den Raben.
Flink, Besen, heran,
durch den Schornstein nimm
die Bahn!“

Jetzt war die Luft plötzlich von Gesichtern belebt, in den Rauchfängen der Häuser tönte es unheimlich und schaurig, und über Leonhard schrillte es hin und her mit gespenstischem Galopp – nebelhaft, grausig, unheimlich.

Zum dritten Mal hatte sich der Zug seiner Verfolgerinnen erneuert, da gellte dämonisches Lachen von den Lippen der Hexen, und ein Triumphgeschrei brach aus. Als er sich umdrehte, sah er etwas, das ihn aufschreien ließ!

Seine Verfolgerinnen kamen mit reißender Schnelligkeit heran. Eine ritt auf einem schwarzen, räudigen Hund, die andere auf einer rot glühenden Katze, die Meisterin aber auf einem Schwein mit drei Füßen. Nachtvögel schwirrten rings um sie her und nun riefen sie wieder:

„Sasa, sasa, pack an, pack an! Greif aus, greif aus!“, er hörte es immer deutlicher, und auch ihr höhnisches Kichern.

Nun waren sie auch schon da und griffen mit ihren Geierklauen nach ihm und er rief in seiner Todesangst:

„Heilige Maria, Mutter Gottes! Bitte für mich Sünder, jetzt und in der Stunde meines Todes! Amen!“

Heulend standen die Hexen nun vor ihm und starrten ihn an, während er sich zur Seite wand und neben sich eine Denksäule erkannte, auf der Maria mit dem Jesusknaben, aus Stein gehauen, abgebildet war. Jubelnd stürzte der Bursche zum Denkstein und umklammerte ihn in namenloser Inbrunst; er weinte und betete, lachte und jubelte, während seine Feindinnen, vor Wut mit den Zähnen knirschend, lästernd und voller Abscheu die Stelle umkreisten.

Da erklangen die Kirchenglocken und die Kirchgänger strömten herbei; schon erschienen die heimkehrenden Gesellen, nahmen den Lehrjungen am Arm und führten ihn von seiner sicheren Zufluchtsstätte nach Hause.

Verstört schaute er zurück in die dunkle Straße, und nur mit Mühe vermochten ihn seine Begleiter zu beruhigen. Als er zu Hause angelangt war, packte ihn ein schweres Fieber und mehrere Wochen kämpfte er mit dem Tod. Mit dem Frühlingsbeginn kamen aber schließlich auch seine Lebenskräfte wieder und er konnte wie gewohnt seiner Arbeit nachgehen. Die böse Meisterin aber blieb seit jener verhängnisvollen Christnacht verschwunden.

Die Wilde Fahrt

In Inzersdorf am Wienerberg ging einmal ein Bauer gegen Abend in seinen Garten hinaus. Da hörte er schon von weitem einen Fuhrmann wütend schimpfen und lärmen, und als der Wagen in seine Nähe kam und der Fuhrmann eben auf die Pferde wie wild einschlug, da meinte der Bauer:

„Es wird Euch nichts helfen, so auf die Pferde einzuhauen, denn der Weg ist sehr schlecht. Bevor Ihr die armen Tiere zu Tode prügelt, will ich Euch ein wenig helfen", und er fasste mit an, als der Wagen gerade wieder in einer Grube steckengeblieben war, und hob ihn aus dem Loch heraus.

Nach einer kleinen Weile fragte der Fuhrmann den Bauern, wie weit es noch bis zum nächsten Ort wäre. Und als der ihm Antwort gab, da bat er den Bauern, ob er nicht noch eine Strecke des Weges mit ihm fahren wolle, er wäre sehr froh darum – besonders, wenn wieder so ein schlechtes Wegstück käme.

Der Bauer tat ihm den Gefallen und stieg auf seinen Wagen hinauf. Nach einiger Zeit sagte der Bauer zu dem Fuhrmann:

„Warum setzt Ihr Euch nicht auch auf den Wagen?"

Der Fuhrmann erwiderte: „Ich gehe lieber neben dem Wagen, da sehe ich den Weg besser und kann den Schlaglöchern ausweichen."

Bald danach, als der Weg besser wurde, setzte er sich aber ebenfalls auf den Wagen. Kaum war er oben, da wurden die Pferde von einem wilden Feuer erfasst und „mit Hallo" ging es über Stock und Stein.

Erst vier Tage später kam der Bauer wieder heim, er war total zerschunden und seine Kleider waren arg zerrissen. Als ihn die Leute fragten, wo er denn die ganze Zeit gewesen war, meinte er, der „böse Feind" habe ihn durch dick und dünn, bald auf der Erde, bald in der Luft, bis zum Hetscherlberg am Weg links nach Mariazell gefahren.

Ein Haar um 100 Pfund Sterling

Ein reicher Engländer war auf dem Rückweg von der großen ungarischen Ausstellung von 1896, für die unter anderem die erste U-Bahn auf dem europäischen Festland fertiggestellt worden war. Budapest gehörte zu dieser Zeit zu den großen aufstrebenden Städten, deren Einwohnerzahl täglich wuchs. In Wien wollte der Reisende ein paar Tage Zwischenaufenthalt einlegen und besuchte hier nun auch einen Friseursalon. Er kam gerade hinein, als ein junges Mädchen dem Friseur ihr blondes Haar zum Verkauf anbot. Das Mädchen verlangte 20 Gulden dafür, der Friseur wollte ihm aber nur acht Gulden geben. Nach langem Feilschen war der Friseur endlich mit 10 Gulden zufrieden und die junge Frau stimmte zu.

So nahm der Friseur die große Schere und war im Begriff, das Haar abzuschneiden, als in diesem Moment der Engländer „Halt!“ rief.

Nun fragte er das Mädchen, warum es denn seine schönen Haare verkaufen wollte und es erzählte ihm, dass sein Vater früher ein reicher Fabrikant gewesen war und durch ein Unglück sein gesamtes Vermögen verloren hatte. Die Mutter aber war krank, und da sie nicht einmal mehr Geld für Nahrungsmittel besaßen, wollte die Tochter ihr Haar zum Perückenmachen verkaufen, sodass die Familie in den nächsten Tagen nicht zu hungern müsste.

Da hatte der reiche Engländer großes Mitleid und sprach in gebrochenem Deutsch:

„Mein liebes Kind! Verkaufen Sie doch mir Ihr Haar, denn ich zahle weit mehr.“

Dabei zog er seine Brieftasche aus der Jackentasche und überreichte dem Mädchen eine 100 Pfund Sterling Banknote, die damals einen Wert von umgerechnet 1200 Gulden darstellte.

„Das Geld übergeben Sie Ihrem Vater, der wird sich schon zu helfen wissen“, sprach er dabei und griff nun selber zur Schere.

„Und nun werde ich mir das gekaufte Haar abschneiden“, er machte eine Pause und das Mädchen biss sich auf die Lippen, weil schließlich die Haare der Stolz eines jeden Mädchens sind. Dann beendete er seinen Satz mit den Worten: „... und werde mir nur zum Andenken ein einziges Haar abschneiden.“

Und das tat er auch, legte es fein säuberlich in seine Brieftasche und verließ augenblicklich den Friseurladen. Das Mädchen und der Friseur standen einander sprachlos gegenüber. Der Vater des Mädchens eröffnete nun in einer Wiener Vorstadt ein Gemischtwarengeschäft und die Tage der großen Not waren vorüber.

Die „Pest-Jungfrau“

Unter der „Pest-Jungfrau“ stellte man sich ein leibliches Wesen vor, das durch den gebieterischen Wink seiner Hand den „Schwarzen Tod“, wie damals die Pest auch genannt wurde, ausstreute. Für ihr Eintreffen gab es einige eigentümliche Anzeichen, so sah man am Anfang nur ein blaues Flämmchen durch die Luft fliegen. Dann aber begann dieses harmlos wirkende Flämmchen unzählbare Funken zu werfen, wurde dabei aber selber nicht kleiner, und diese fielen in die Häuser hinein – niemand wusste zu diesem Zeitpunkt, dass sich auf diese Art und Weise die Pest verbreitete.

Andere erzählten von einer vielfarbigen Kugel, die vom Himmel auf die Erde fiel, aufsprang und dann bösartige, stinkende Dämpfe verbreitete. Aus diesen giftigen Gasen wurden Insekten erzeugt, welche die Pest nun endgültig in alle Himmelsrichtungen verbreiteten.

Die frühesten Sagen von der Pestjungfrau wurden wahrscheinlich von den Kreuzfahrern im Morgenland gehört und nach Wien gebracht.

Ein frommer Derwisch ging einst aus dem Stadttor Bagdads, um auf den heiligen Hügeln zu beten. Da begegnete er einer jungen Frau – sie war totenbleich und ein unheimliches Feuer glühte in ihren Augen. Er erkannte sogleich, wen er vor sich hatte – es war die Pest.

„Du verhängnisvolles Weib“, sprach er sie an, „du willst in die Stadt, um einer Unzahl von Menschen das Leben zu rauben. Wie viele tausend werden dir diesmal zum Opfer fallen?“

„Viertausend, nicht mehr und nicht weniger werde ich töten“, sagte die Pestfrau und setzte ihren Weg in die Stadt fort.

Doch starben an die zwanzigtausend Menschen in Bagdad. Als danach der fromme Derwisch wieder zum Gebet zog, sah er die Pest die Stadt verlassen.

„Wortbrüchiges Weib“, rief er, „es sind ja zwanzigtausend Menschen gestorben!“

„Mag sein“, erwiderte die Pest, „ich tötete nur viertausend, die übrigen starben aus Furcht vor mir.“

Inhalt

Die schönsten Sagen bei
HAYMON taschenbuch

Die österreichischen Sagen-Experten Wolfgang Morscher und Berit Mrugalska haben die schönsten Sagen aus allen neun österreichischen Bundesländern sowie aus Südtirol gesammelt: Mehr als 500 bezaubernde und spannende, romantische und unheimliche Geschichten aus allen Regionen Österreichs und Südtirols.

Die schönsten Sagen aus dem Burgenland
ISBN 978-3-85218-842-3

Die schönsten Sagen aus Kärnten
ISBN 978-3-85218-837-9

Die schönsten Sagen aus Niederösterreich
ISBN 978-3-85218-841-6

Die schönsten Sagen aus Oberösterreich
ISBN 978-3-85218-840-9

Die schönsten Sagen aus Salzburg
ISBN 978-3-85218-836-2

Die schönsten Sagen aus der Steiermark
ISBN 978-3-85218-838-6

Die schönsten Sagen aus Südtirol
ISBN 978-3-85218-834-8

Die schönsten Sagen aus Tirol
ISBN 978-3-85218-833-1

Die schönsten Sagen aus Vorarlberg
ISBN 978-3-85218-839-3

Die schönsten Sagen aus Wien
ISBN 978-3-85218-835-5

Jeder Band: 160 Seiten, € 9.95/SFr 17.50
Haymon Taschenbuch 2010